KB275478

오르세 미술관 여행

김지선 지음

일러두기

- 외래어 표기는 국립국어원의 외래어 표기법 규정에 따랐으나, 일반적으로 굳어진 용례의 경우 통용되는 표기를 따랐다.
- 미술 작품의 제목은 〈 〉, 책과 잡지 등 단행본 도서의 제목은 《   》로 표기했다.
- 작품명의 원어 표기는 작품이 소장되어 있는 박물관의 표기 방식에 따랐다.
- 작품의 소개는 작품의 제작 연대순으로 정리했다.
- 작품의 크기는 평면 작품은 높이×너비의 순서로, 입체 작품은 높이×너비×깊이의 순서로 표기했다.
- 각 작품들은 박물관의 사정에 따라 외부 대여 중이거나 기획 전시로 위치가 바뀔 수 있으며, 입장료는 전시 종류와 물가 인상에 따라 변동될 수 있다. 개관 시간과 휴관일 역시 박물관의 사정에 따라 변동될 수 있으므로, 방문 전에 반드시 해당 홈페이지에서 상세 정보를 확인하는 것이 좋다.
- 작품 정보는 작품명, 작가명, 제작 연도, 종류, 크기, 전시관별로 정리했다.

유럽 문화 예술 산책 4

오르세 미술관 여행

김지선 지음

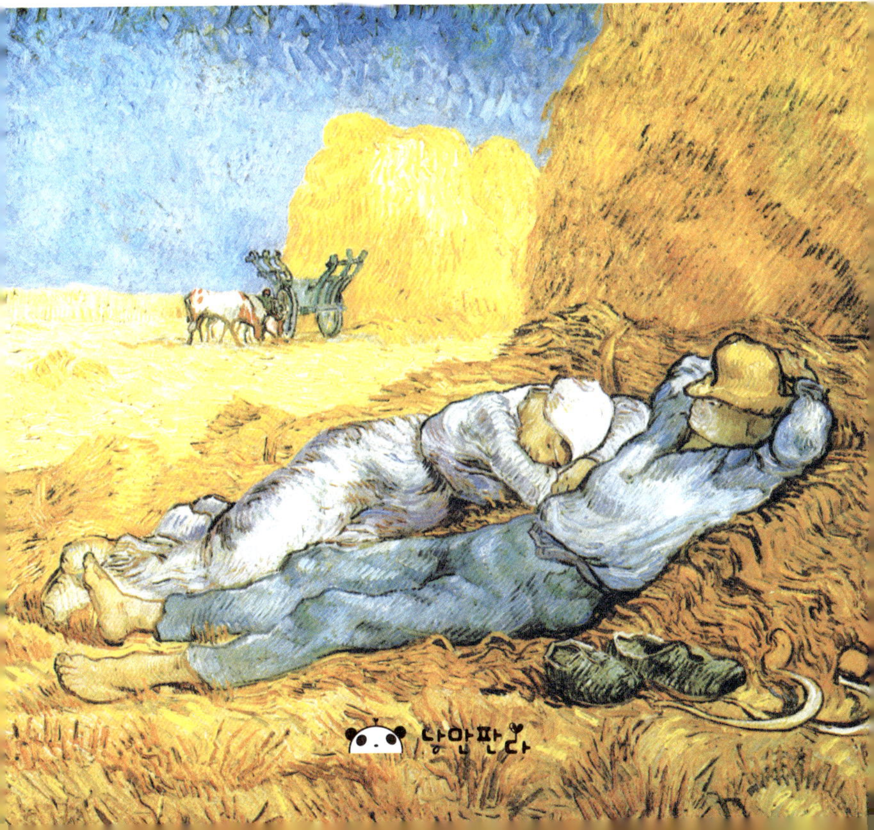

낭만판다

2013년 가을, 유럽을 여행하면서 꼭 보아야 할 대표 미술관과 박물관을 소개하고, 각 미술관 박물관에 소장된 작품들을 설명한 《유럽 미술관 박물관 여행》을 출간했다.

오랜 시간 준비해 유럽으로 떠나는 여행자들이 조금이라도 유럽을 더 잘 알 수 있었으면 하는 마음에서 유럽의 대표적인 미술관 박물관을 한꺼번에 소개하다 보니 분량이 많아졌다.

그렇지만 더 많은 작품을 소개하지 못해 아쉬웠고, 많은 작품을 한꺼번에 소개하다 보니 대표적인 몇 작품을 제외하고는 작품 대부분 크기를 줄여 작은 이미지로 실을 수밖에 없어 안타까웠다.

오랜 기간 집필에 노력했던 만큼, 지면의 한계가 못내 아쉬워 이를 좀 더 보완하고 싶은 마음이 생겼다. 그런데 때마침 출판사에서도 필자와 같은 생각을 하고 있었다. 그리고 함께 고심한 끝에, 유럽의 대표 미술관과 박물관을 각각 한 권의 책으로 자세하게 담아 내기로 했다.

우선, 유럽 여행자들이 가장 선호하는 대표 미술관 박물관 6곳을 선정해 〈유럽 문화 예술 산책〉 시리즈로 구성했다. 그리고 각 미술관 박물관의 작품을 추가하고 설명 또한 더 자세하세 풀어 냈다 화가 소개도 추가하여 작품을 더 잘 이해할 수 있도록 하였다.

《유럽 미술관 박물관 여행》이 유럽 여행을 떠나기 전, 또는 미술관 박물관을 찾아가기 전에 미리 읽고 가기 좋은 책이었다면, 이 책은 작은 크기와 가벼운 무게로, 미술관이나 박물관의 해당 작품 앞에서 작품의 이해를 도와주는 더욱 실용적인 책이 될 것이다.

전자책으로도 제작될 예정인 이 책이 유럽의 미술관 박물관을 여행하는 사람들에게 좋은 길잡이가 되길 바란다.

– 김지선

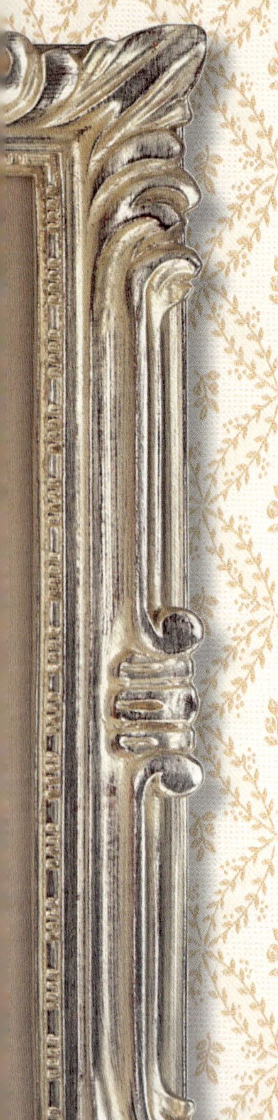

목 차

함께 둘러볼 곳

화가 소개

유럽 미술사 살펴보기

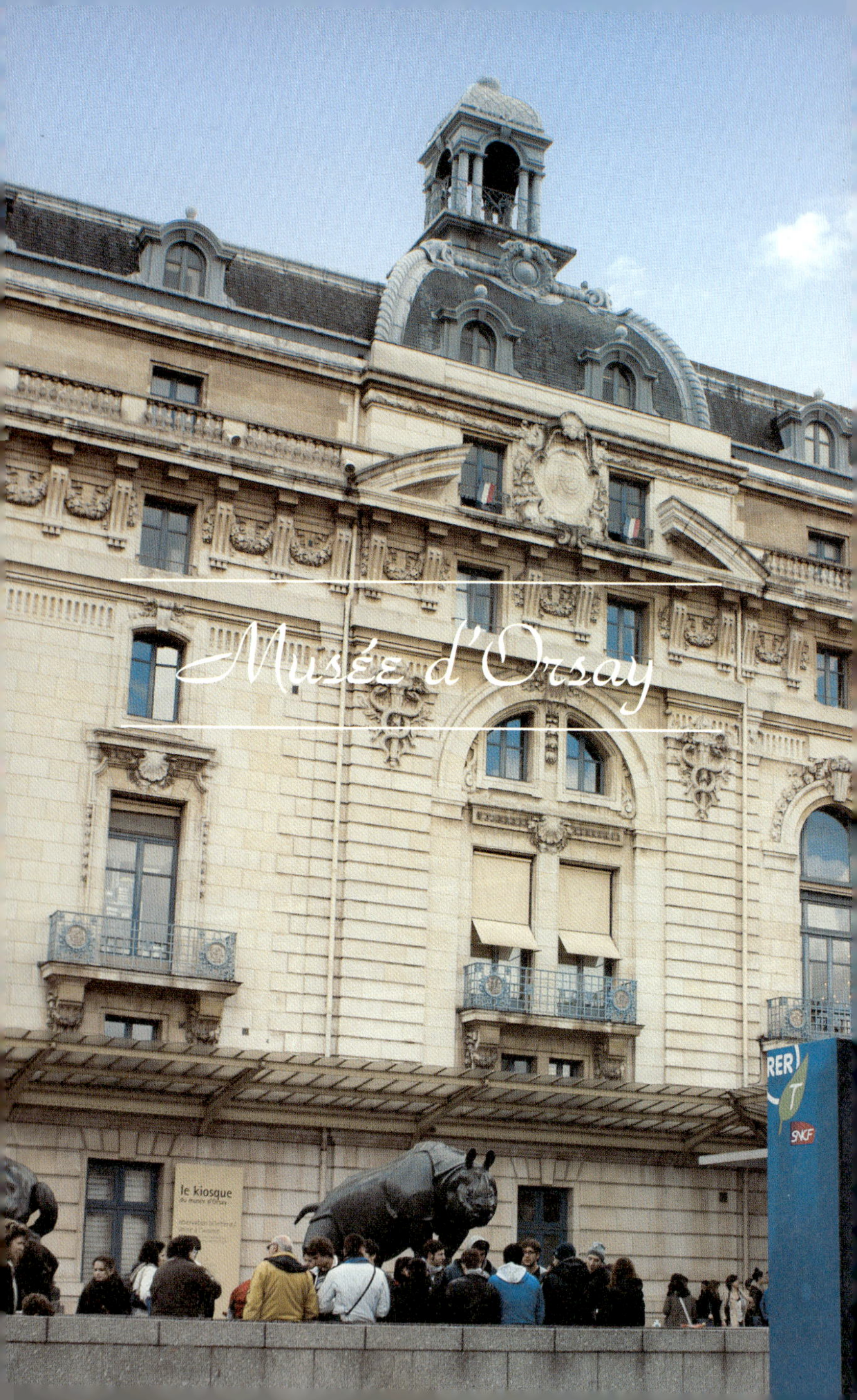

Musée d'Orsay
RER
SNCF
le kiosque
du musée d'Orsay

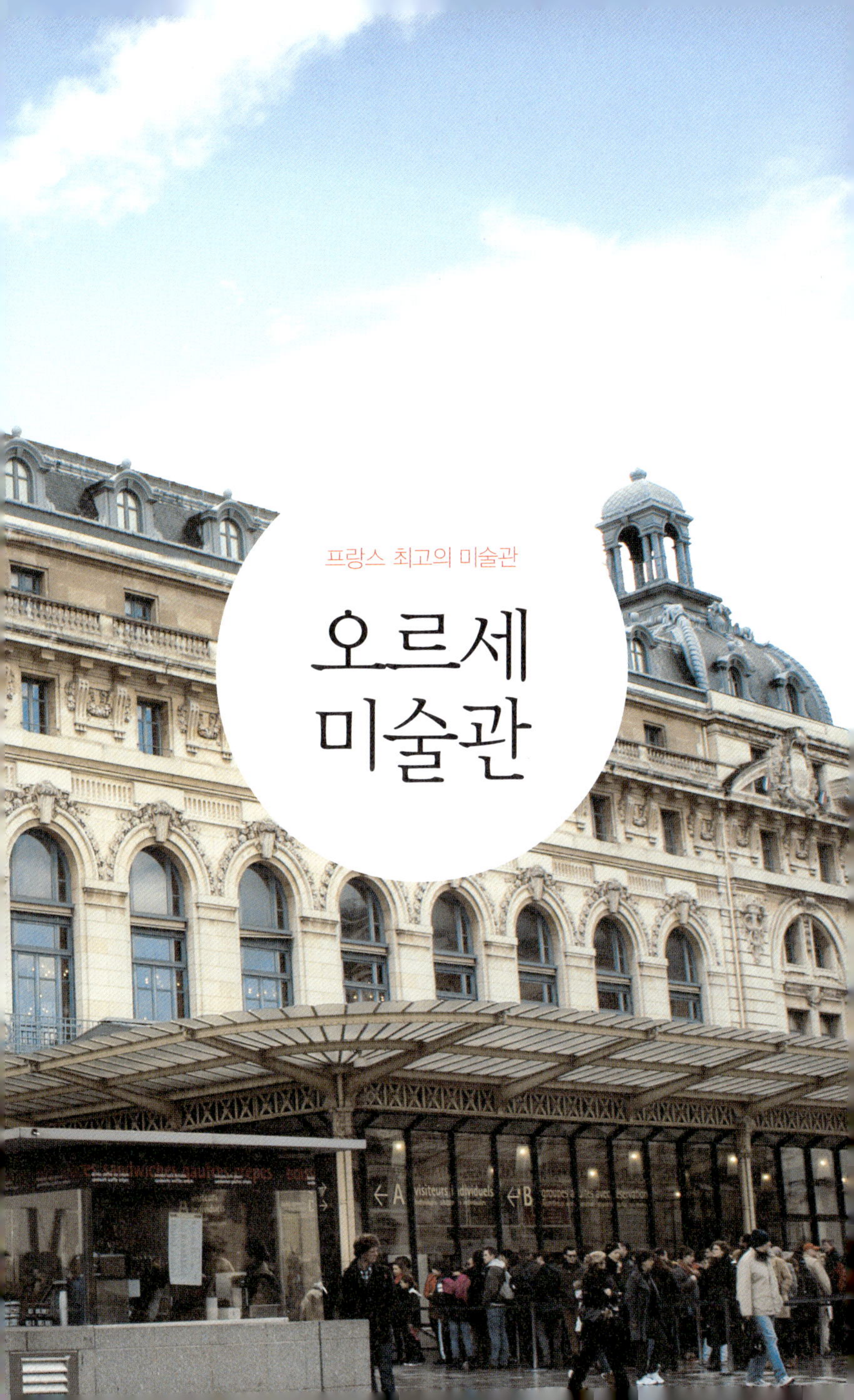
프랑스 최고의 미술관
오르세
미술관

오르세 미술관

Musée d'Orsay

오르세 미술관은 원래 오르세 궁이 있던 곳에 세워졌다. 오르세 궁은 1804년 지어졌는데 최고재판소 등으로 이용되다가, 파리 코뮌 시기에 1871년 화재로 소실되었다. 궁터는 그대로 폐허로 보존되다가 그 자리에 새로운 건축물을 짓기로 결정하고, 1900년 파리 만국 박람회를 맞아 오르세 기차역을 건설했다.

오르세 기차역은 당시 프랑스 서남부 지역과 파리를 오가던 기차들이 발착하는 기차역이었다. 또한 기차역과 함께 호텔이 위치하고 있어서 화려하고 아름다운 건축물이기도 했다. 오르세 기차역은 건축 후 40년 동안 서남부 지역을 연결하는 기차 노선과 호텔로 시민들에게 사랑 받는 기차역이었지만, 점차 기차가 길어지고 운행 시스템도 달라지면서, 더 이상 장거리용 기차를 운행할 수 없게 되었다. 그러다 1973년 결국 호텔까지 문을 닫으면서 철거될 위기에 몰리게 된다.

하지만 1978년 프랑스 정부가 역사 기념물을 재정비하기로 하고, 오르세 기차역을 미술관으로 활용하기로 결정한다. 수년간에 걸친 재건축 작업을 거쳐 1986년 12월 1일 개관한 오르세 미술관은 현재까지 많은 사랑을 받고 있다.

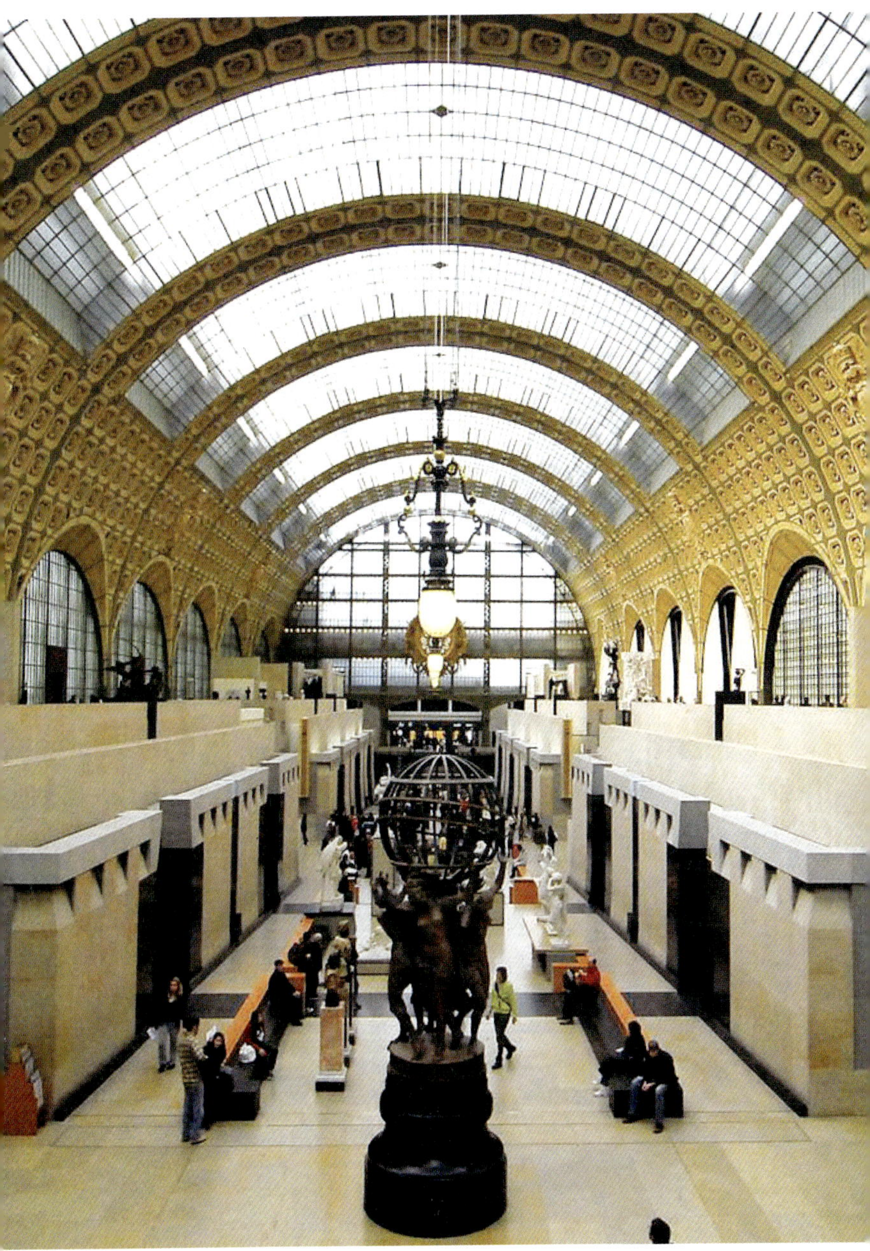

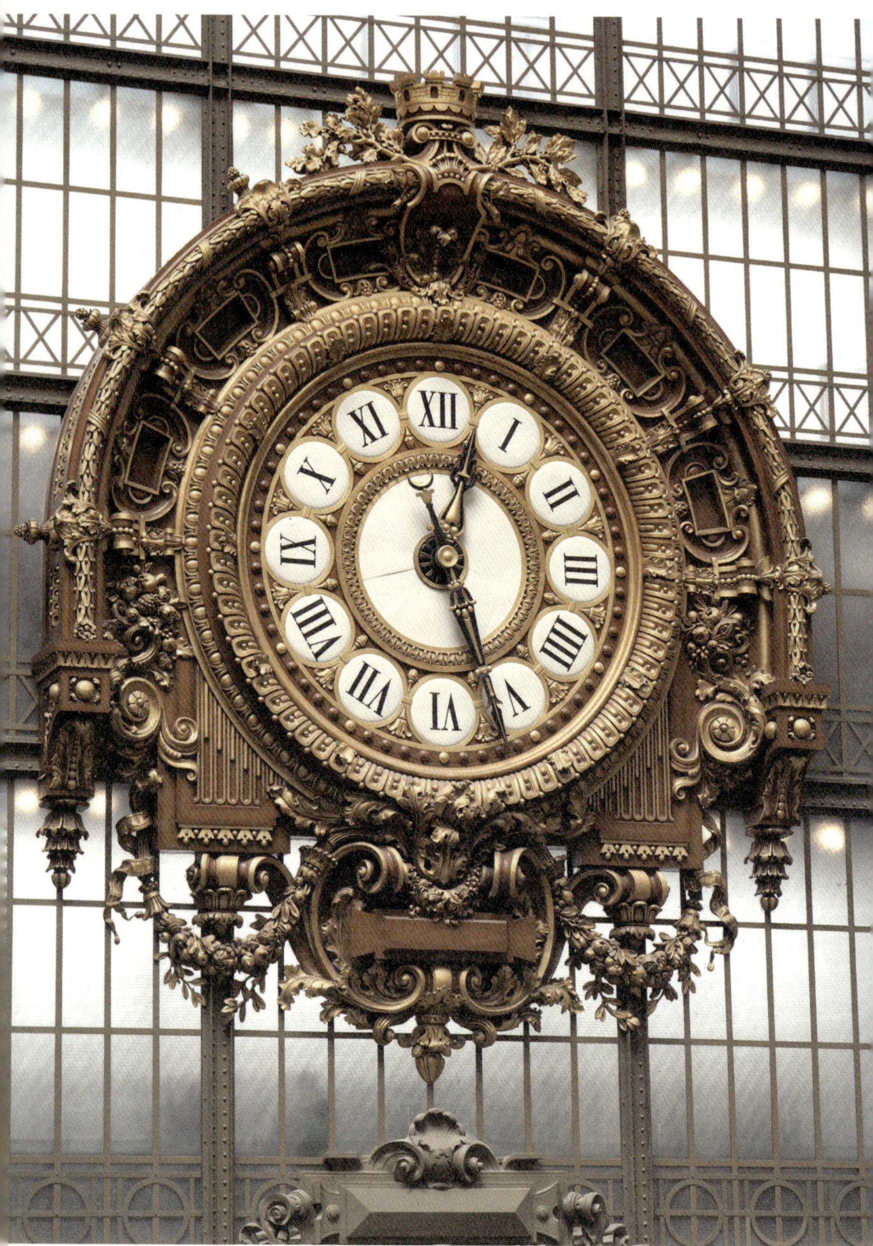

오르세 미술관은 높이 약 30m의 유리 돔을 이용한 자연광과 인공 조명이 어우러져 미술 감상에 최적의 조건을 만들어 낸다. 오르세 미술관은 기존 건축물을 살리면서 미술관의 기능과 현대적인 기술을 조화롭게 실현한 건축물로 좋은 평가를 받고 있다.

오르세 미술관은 루브르 박물관에 있던 소장품 중에서 19세기(1848~1914) 미술품만을 옮겨 전시하고 있다.

주소 1 Rue de la Legion d'honneur, Paris
교통 메트로 12호선 Solférino역, RER C선 Musée-d'Orsay역
시간 화~일 9시 30분~18시, 목요일 9시 30분~21시 45분
휴관 월요일, 5월 1일, 12월 25일
요금 12유로, 뮤지엄 패스 사용 가능, 매월 첫째 주 일요일 무료
홈페이지 www.musee-orsay.fr
기타 플래시 없이 사진 촬영 가능

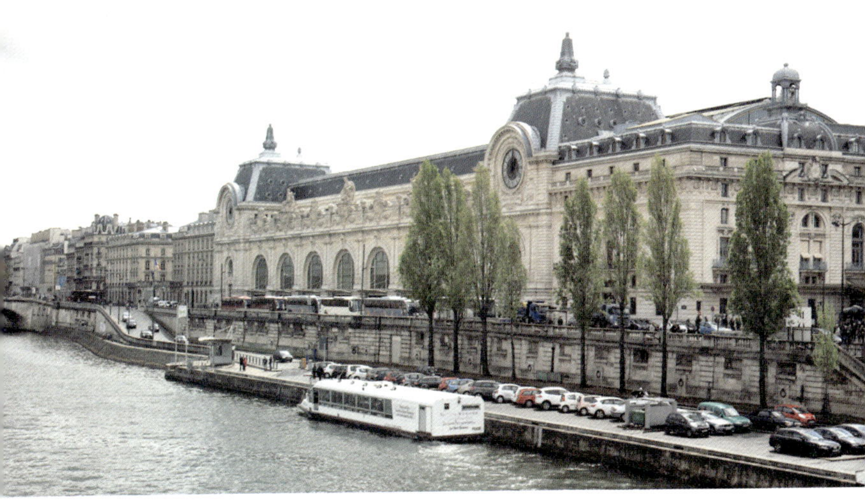

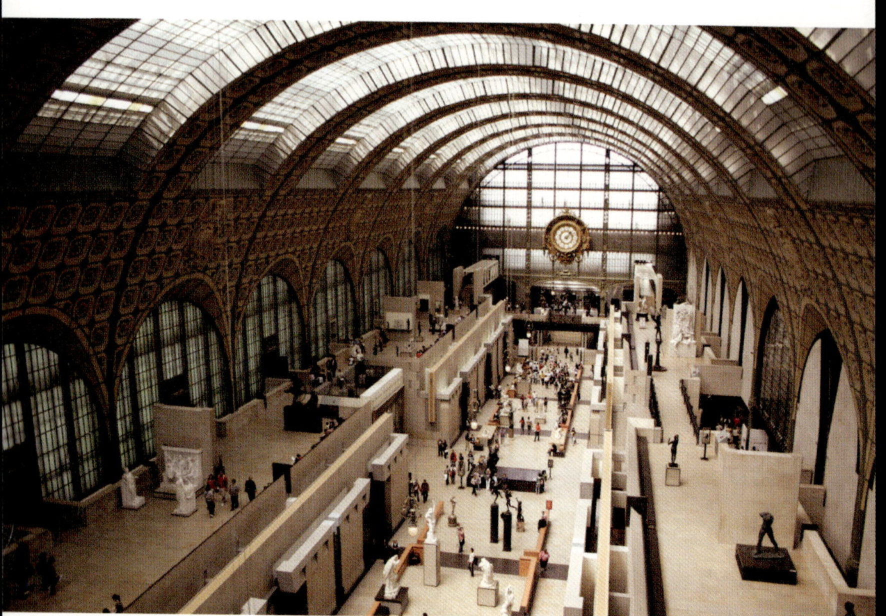

◆ 전시관별 살펴보기

미술관은 총 세 층으로 구성되어 있으며, 1848년부터 1914년까지의 회화, 조각, 공예품 등이 전시되어 있다. 특히 대중들에게 가장 많은 사랑을 받고 있는 인상파 작품들이 주로 전시되어 있는 5층이 가장 인기가 높다.

◆ 효율적으로 돌아보기

오르세 미술관은 층별로 시대순으로 작품이 전시되어 있다. 하지만 시간이 여유롭지 않다면 우선 가장 주요한 작품들이 전시되어 있는 5층부터 관람하는 것이 좋다. 5층의 인상파와 2층의 후기 인상파 등의 작품을 둘러본 후 0층의 밀레의 작품을 둘러보자.

0층

앵그르와 들라크루아부터 밀레나 루소, 쿠르베, 마네 등 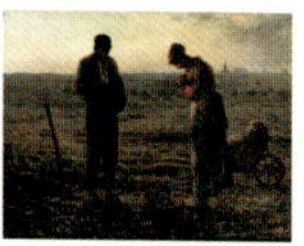
1870년 이전의 작품들이 전시되어 있다.

2층

주로 19세기 말의 조각품이나 아르누보 장식품 등이 전시
되어 있다. 또한 고흐와 고갱의 작품이 전시되고 있다.

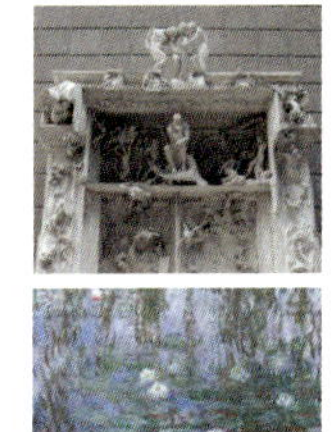

5층

모네나 르누아르, 세잔, 드가 등의 인상파와 후기 인상파의
작품들이 전시되어 있다.

◆ 통합 입장권 사용하기

- 오르세 미술관과 오랑주리 미술관 통합 입장권 : 16유로

- 오르세 미술관과 로댕 미술관 통합 입장권 : 18유로

- 오르세 미술관 입장권을 가지고 있으면 귀스타브 모로 박물관(musée national Gustave Moreau)과 오페라 가르니에(Opéra Garnier)가 할인된다.

◆ 오디오 가이드 대여하기

- 오디오 가이드 : 5유로(한국어 지원 O)

▶ 뮤지엄 패스 사용하기

파리에서 여러 박물관을 둘러볼 예정이라면, 뮤지엄 패스를
이용하는 것이 효율적이다. 뮤지엄 패스가 있으면 입장하는
시간도 단축되고 비용도 저렴해지기 때문이다. 뮤지엄 패스
를 구매하면 정해진 기간 동안 파리 시내 60여 곳의 미술관
박물관에서 입장권을 사기 위해 줄 설 필요 없이 바로 입장
이 가능하다. 루브르 박물관, 오르세 미술관, 퐁피두 현대 미

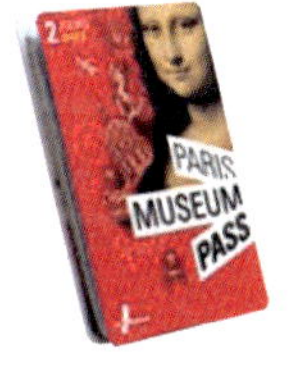

술관 등 파리의 주요 박물관 입장이 가능하며, 뮤지엄 패스로 입장 가능한 박물
관이나 온라인 티켓 예매 사이트 Fnac, 파리 관광 안내소 등에서 구입할 수 있
다. 자세한 내용은 홈페이지 정보를 참고하자.

가격 2일권 48유로, 4일권 62유로, 6일권 74유로
홈페이지 www.parismuseumpass.co.kr (한국어)

전시관 구조도

5 (마지막층)

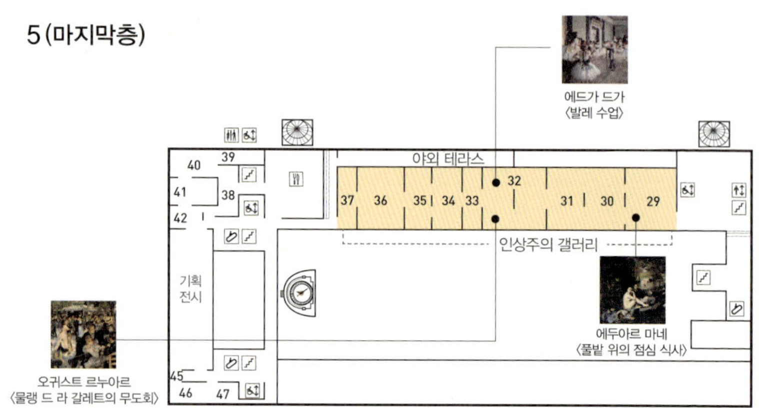

2 (가운데층)

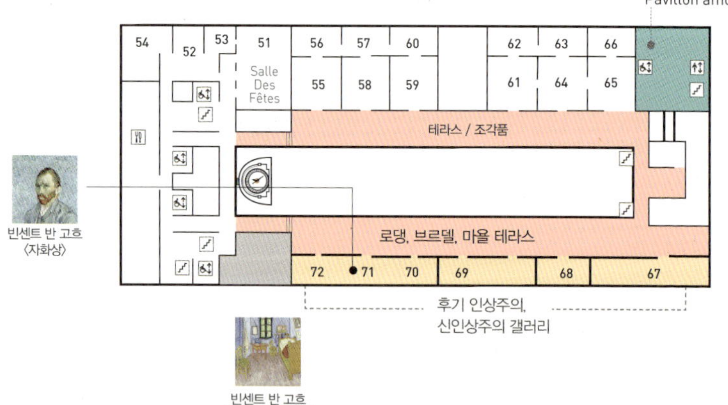

0 (로비)

장 프랑수아 밀레
〈이삭 줍는 여인들〉
장 오귀스트 도미니크 앵그르
〈샘〉
Pavillon amont
기획 전시
7
16
15
20
19
23
22
17
21
센(Seine) 갤러리
4
5
6
14
18
중앙 통로 / 조각품
오페라
5층으로
연결
입구 →
1
2
3
11
12
13
릴(Lille) 갤러리
8
9
10
윌리앙 아돌프 부그로
〈비너스의 탄생〉

무선 인터넷
식당
계단
휠체어 리프트
엘리베이터
에스컬레이터
화장실
공중전화
안내소
휴대품 보관소

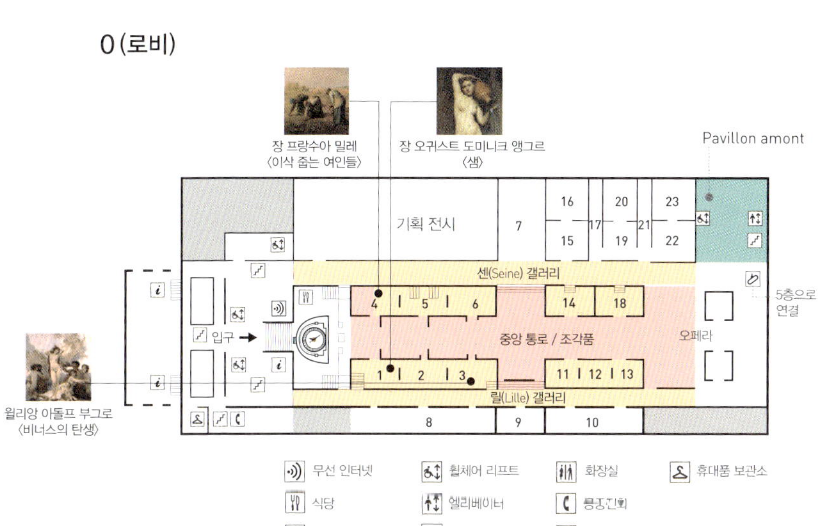

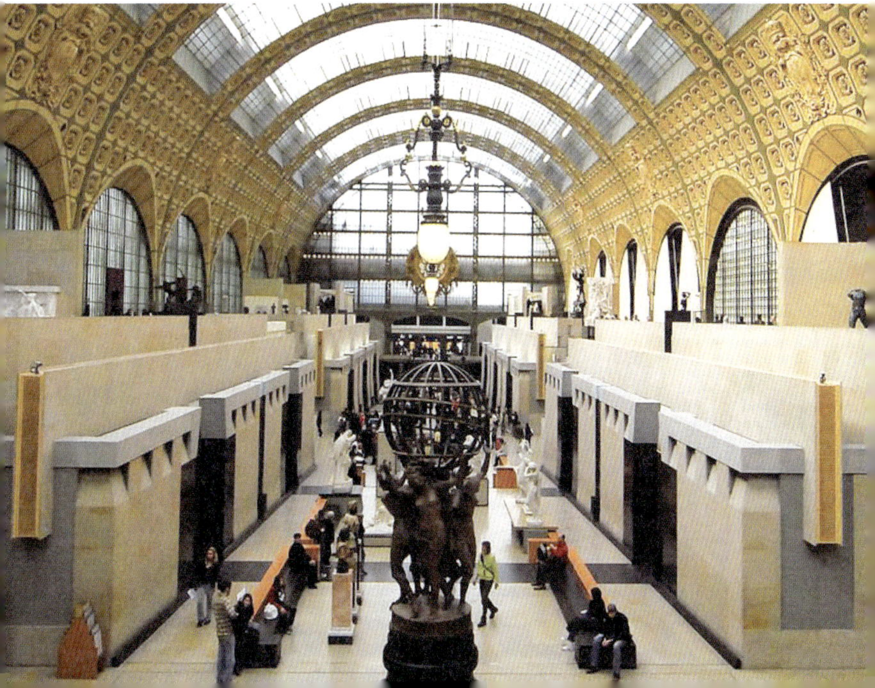

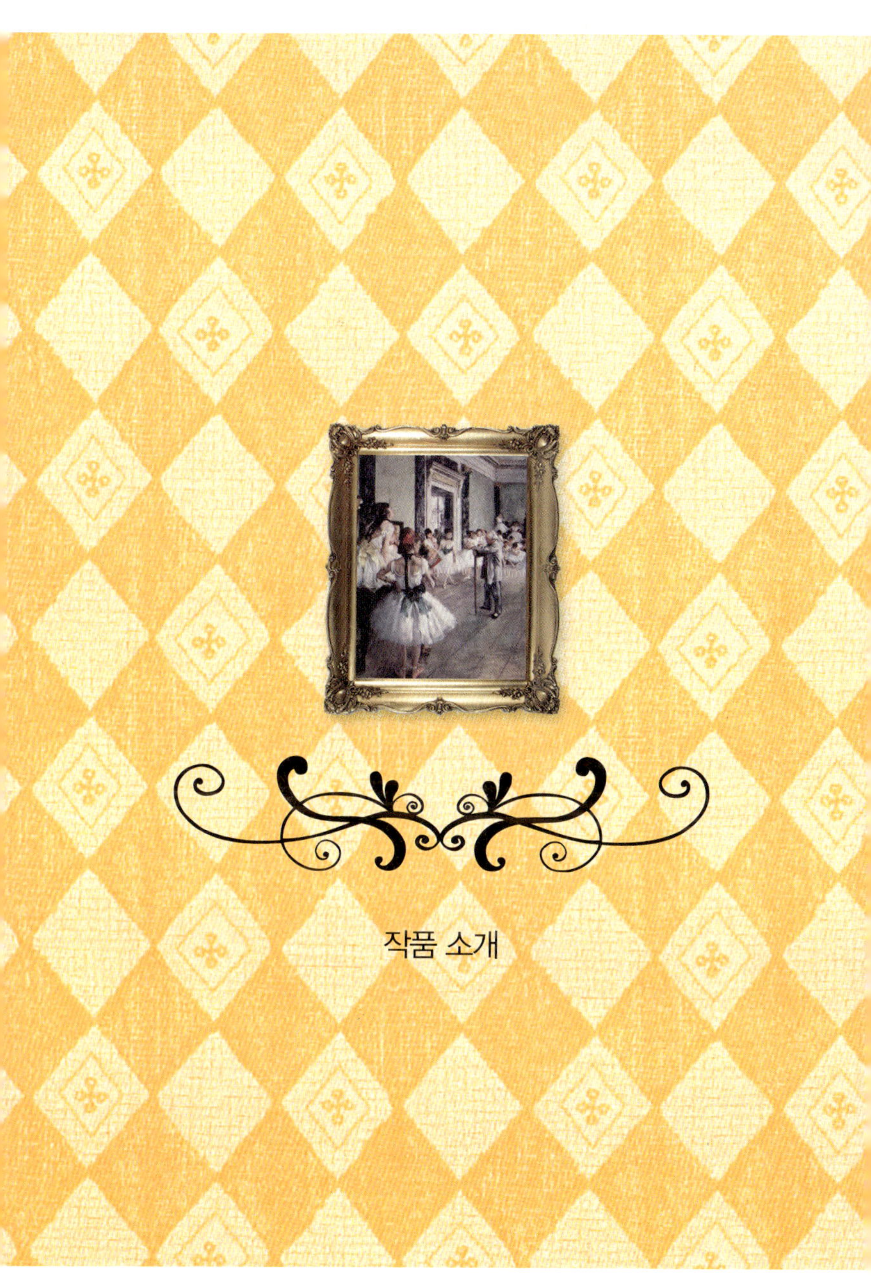

작품 소개

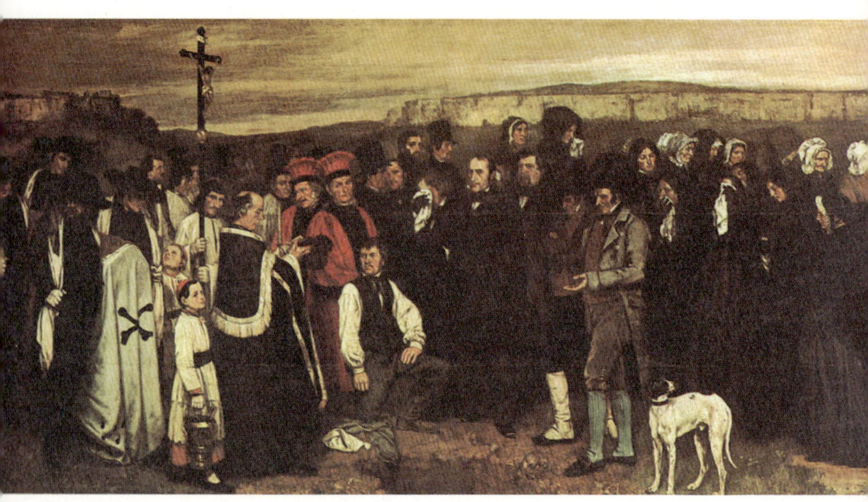

Un enterrement à Ornans, Gustave Courbet, 1849∼1850년, 캔버스에 유채,
315×668cm, 0층 Pavillon amont

오르낭의 매장

구스타브 쿠르베는 19세기 프랑스 사실주의를 대표하는 화가로, 이 그림은 19세기 사실주의에서 빼놓을 수 없는 대표작이다. 하지만 당시 이 그림이 발표되었을 때는 너무 사실적이라는 이유로 비판을 받기도 했다.

쿠르베는 신고전주의와 낭만주의 회화를 거부했다. 낭만주의는 너무 감정에 치우치고, 신고전주의는 형식적인 아름다움이었기 때문에 그는 현실을 있는 그대로 묘사하길 원했다.

이 작품은 쿠르베의 고향인 오르낭에서 친척 할아버지의 장례식 장면을 그린 것이다. 이 그림에는 총 46명의 인물이 등장한다. 인물들은 저마다 다른 표정을 하고, 다른 곳을 바라보고 있다. 게다가 어떤 인물이 중심 인물인지도 드러나 있지 않다.

쿠르베는 신화 속 주인공이나 역사적 인물이 아니라 노동자나 가난한 사람들의 삶도 그림의 주제가 될 수 있다고 생각했다. 그래서 그는 시골에서 평범하게 일어나는 일상을 사실적인 모습 그대로 실물 크기로 묘사했다.

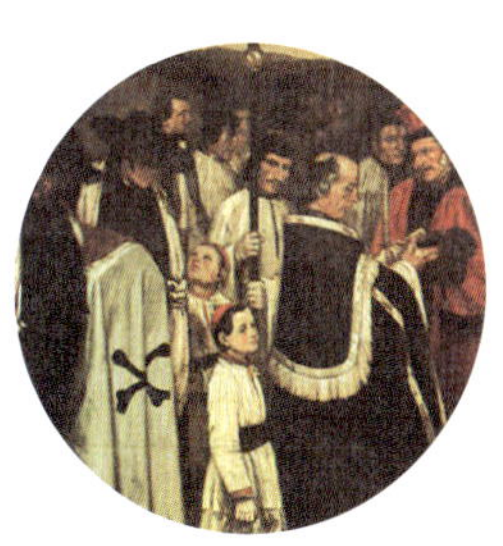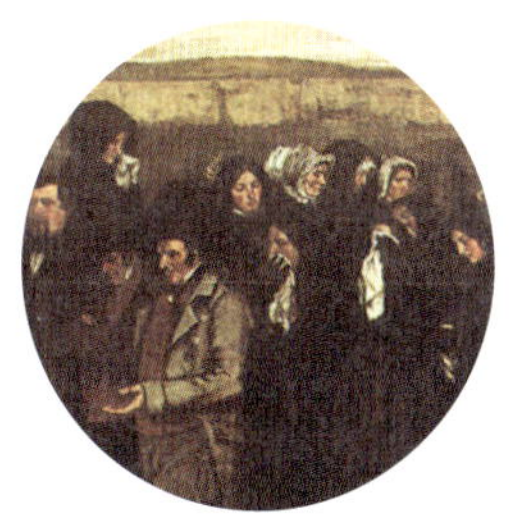

화가의 아틀리에

사실주의 화가인 쿠르베의 또 다른 작품인 〈화가의 아틀리에〉는 쿠르베 자신의 인생을 보여 주는 작품이라고 할 수 있다. 이 작품은 〈오르낭의 매장〉처럼 크기가 크다는 이유로 살롱에서 전시를 거절당했다. 그래서 그는 박람회장 근처에 창고를 만들어 '리얼리즘'이라는 간판을 걸고 자신의 작품을 전시했다.

이 그림은 세 부분으로 나뉘어 있다. 중앙에는 쿠르베와 그가 그린 자신의 고향 오르낭의 풍경화가 있고, 그림을 바라보는 누드 모델과 어린 소년이 있다. 그림의 왼편에는 가난해 보이는 사람들이 모여 있고, 오른편으로는 쿠르베의 친구들과 사회적 영향력이 있어 보이는 사람들이 모여 있다.

쿠르베는 자신을 중심으로 왼편에는 사회적인 어둠을, 오른편에는 개인적인 관심 등을 배치했다. 화면 맨 오른쪽에 책을 읽고 있는 인물은 《악의 꽃》을 쓴 시인 샤를 보들레르이다.

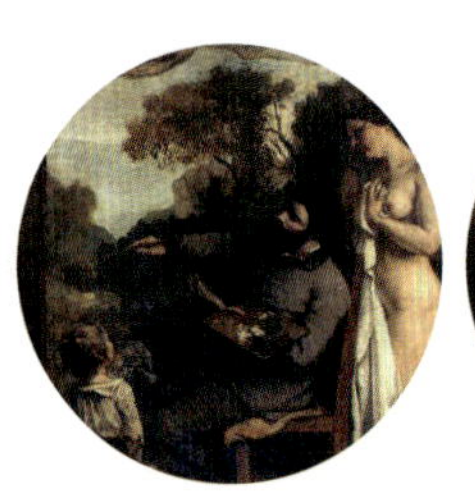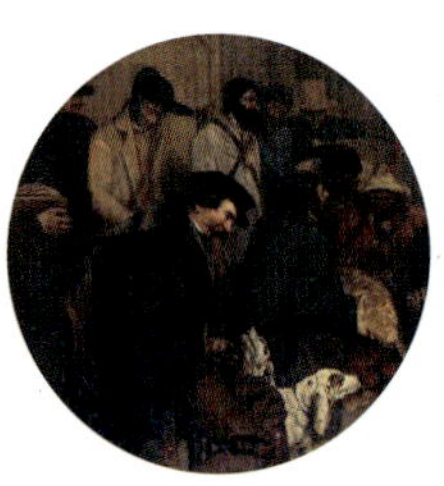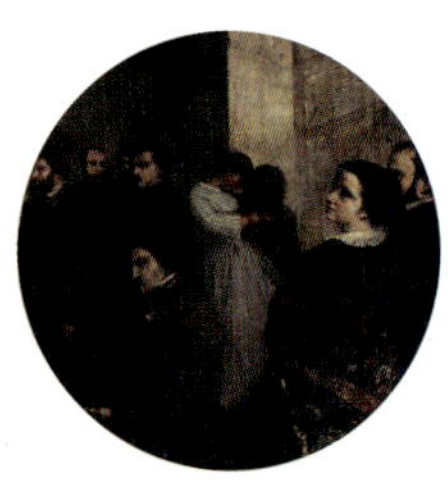

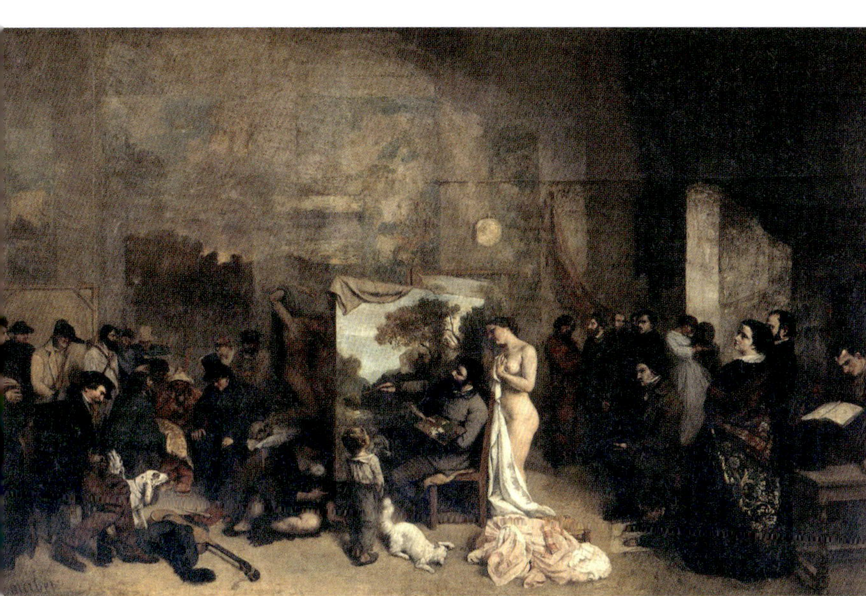

L'Atelier du peintre, Gustave Courbet, 1854~1855년, 캔버스에 유채, 361×598cm,
0층 Pavillon amont

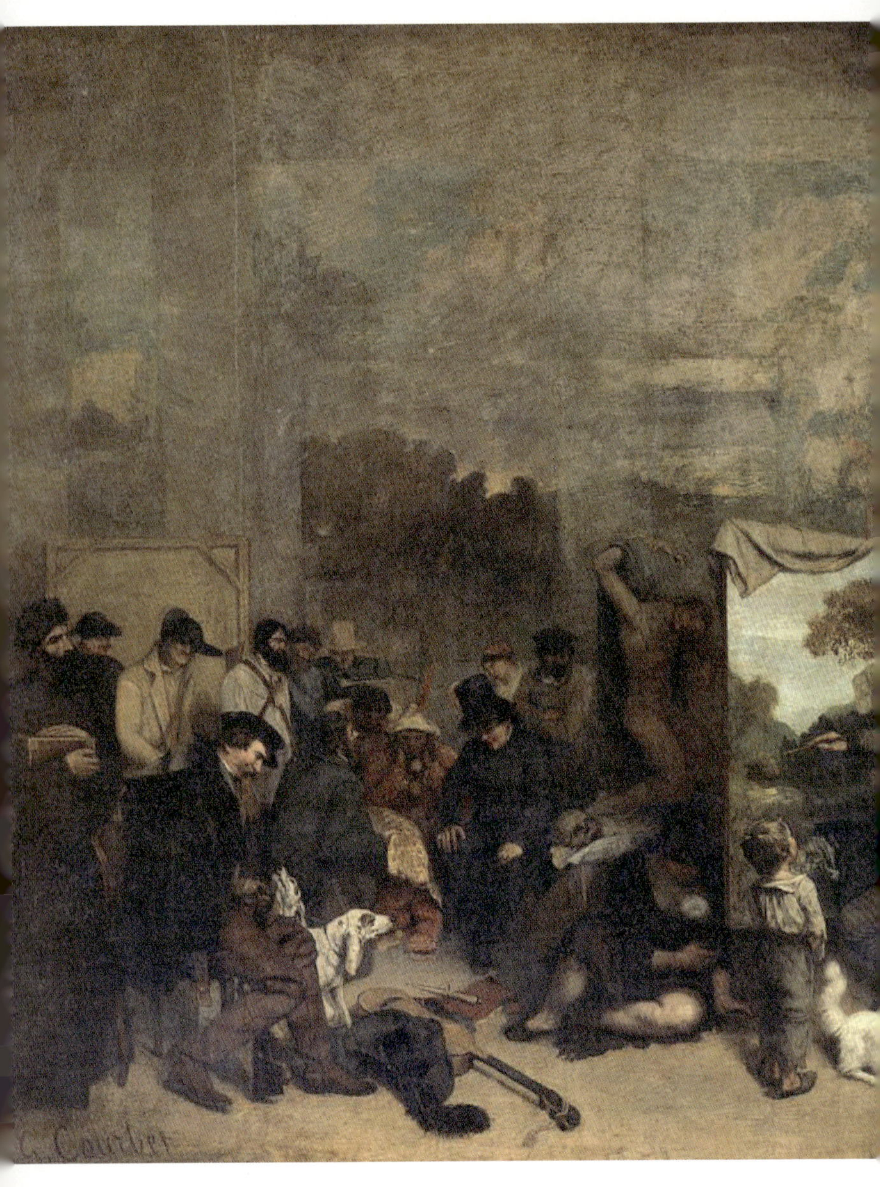

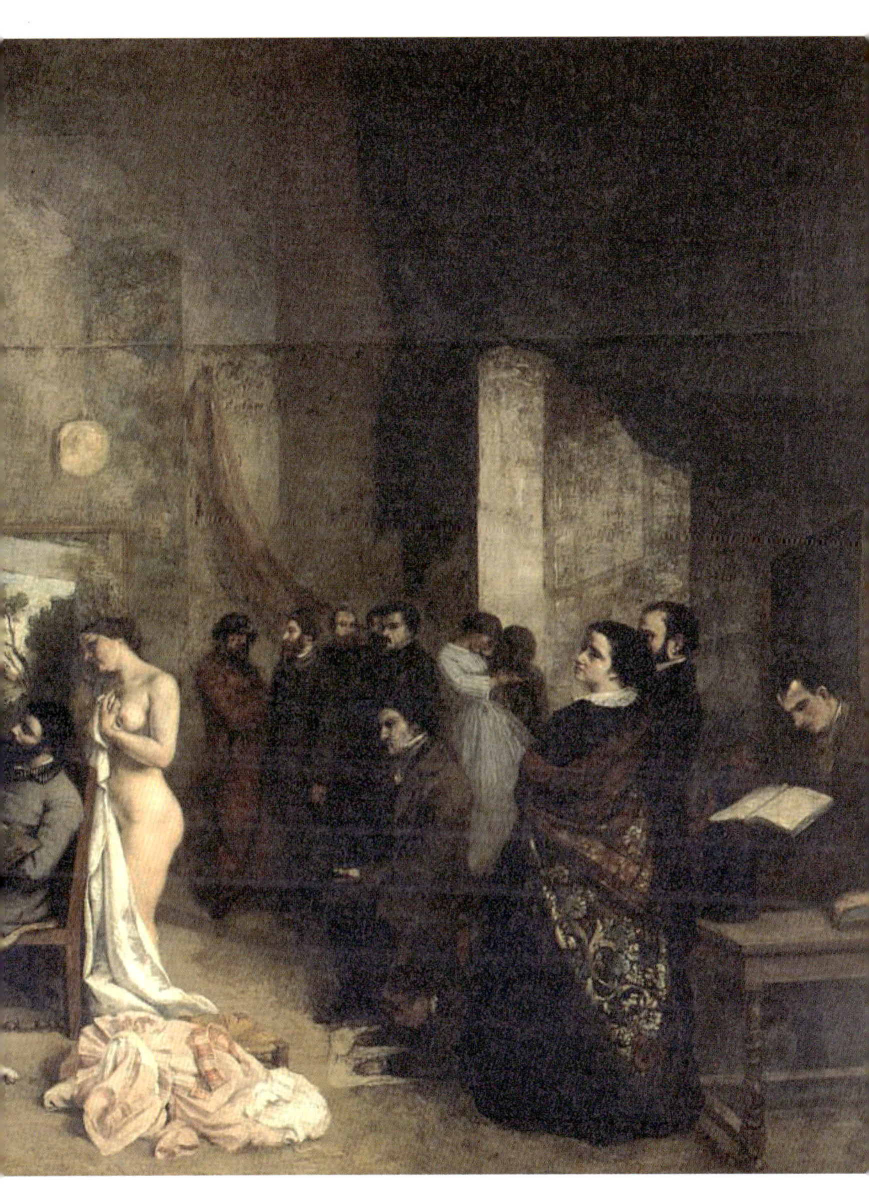

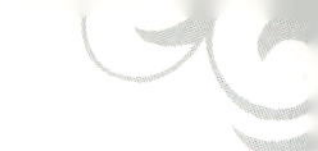

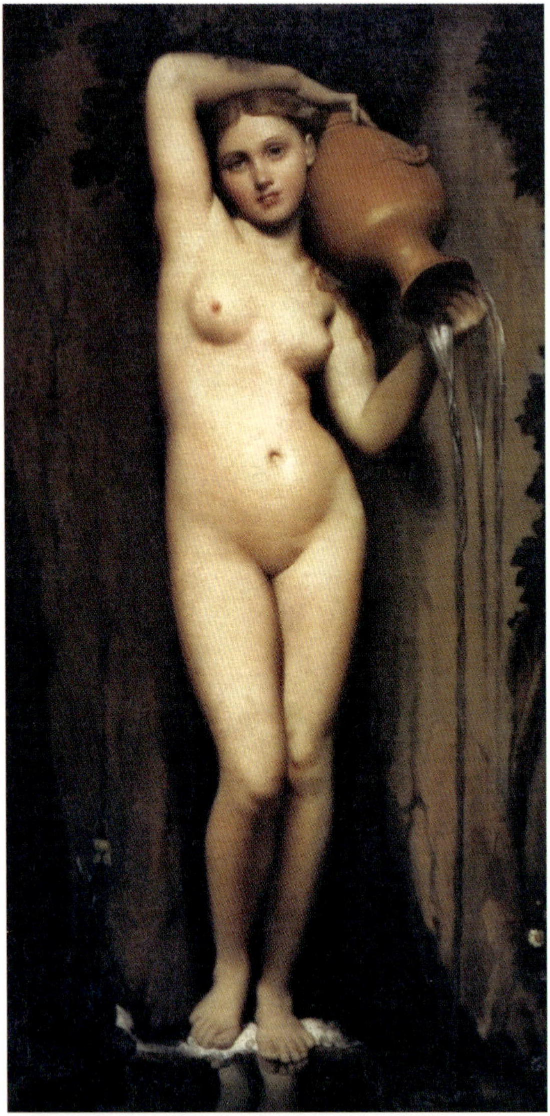

La Source, Jean Auguste Dominique Ingres, 1856년, 캔버스에 유채,
163×80cm, Room 1

샘

앵그르는 19세기 프랑스의 고전주의를 대표하는 화가이다. 그는 특히 선의 아름다움과 조화와 균형을 추구했으며, 라파엘로를 추종했다. 〈샘〉은 앵그르의 대표작으로 손꼽히는 걸작으로 말년에 그린 그림이다.

작품에 등장하는 여자는 나체 상태로, 조금 불편한 자세를 취하고 있는 듯 싶지만, 이는 비너스와 같은 자세로 편안하게 서서 물이 흐르는 항아리를 들고 있다.

마치 일부러 항아리에 있는 물을 쏟아버리려는 듯힌 자세를 취하고 있는데, 앵그르는 고대의 조각상과 같은 완벽한 비례의 아름다움을 표현했다. 또한 쏟아지는 물은 샘에서 흘러나오는 물처럼 맑고 투명하다.

이삭 줍는 여인들

바르바종파를 대표하는 화가인 밀레는 주로 농민을 주제로 그림을 그렸다. 특히 밀레의 그림은 고흐나 피사로 등의 화가에게 큰 영향을 끼칠 정도로 많은 찬사를 받았다. 이 작품은 농민들의 가난함과 그들의 고단한 노동을 표현하고 있다.

세 여인의 이삭을 줍는 모습이 무척이나 힘에 겨워 보인다. 이 그림에 등장하는 여인들은 고용된 농부들이 아니라, 추수가 끝난 들판에 떨어진 이삭을 줍는 빈민들이다. 이 당시 프랑스에서 농촌의 빈민들에게 부농들이 베풀어 주는 것이 바로 이삭 줍기였다. 그들은 이삭을 주워서 끼니를 연명해야만 하는 처지였는데, 이삭을 줍는 일조차도 허가를 받아야만 가능한 일이었다. 그만큼 당시에는 굶주린 사람들이 많았다는 이야기이다.

이들은 이삭을 손으로 한 알씩 주워 담는 힘들고 고된 노동을 하면서도, 한 알갱이라도 더 줍기 위해 허리를 펼 여유조차 없다.

밀레는 여자들이 이삭 줍는 곳을 어둡게 표현함으로써 그들의 고단함과 사회적 어둠을 더욱 강조했다. 반면 추수가 끝난 들판은 환하게 표현해 부유한 사람들의 모습을 대변하고 있다.

이 작품은 당시 농촌의 현실을 적나라하게 드러낸 민중 회화라고 할 수 있다.

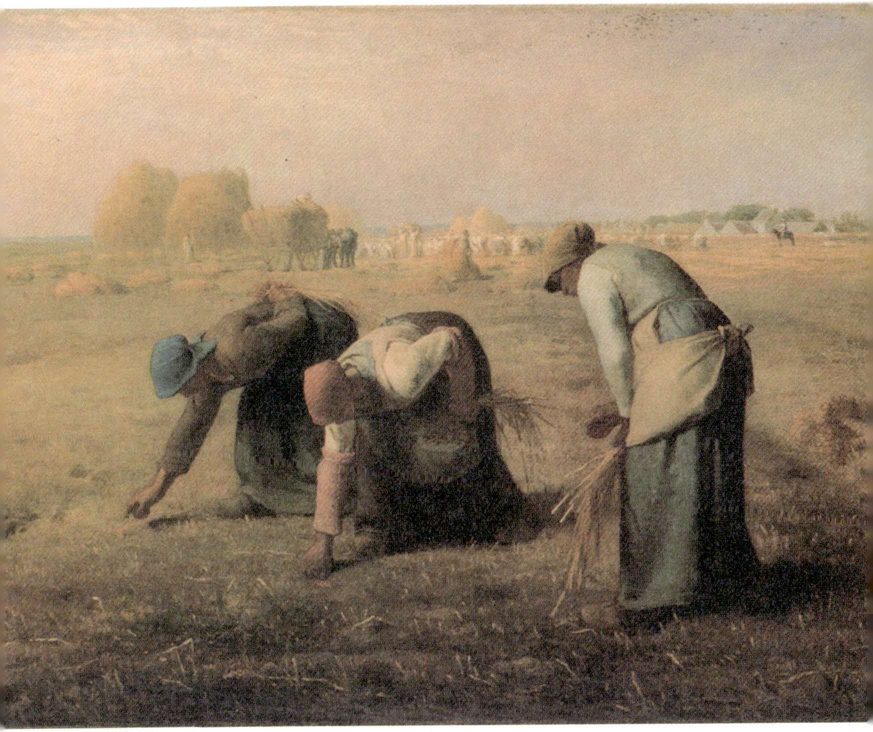

Les glaneuses, Jean Francois Millet, 1857년, 캔버스에 유채, 83.6×111cm, Room 4

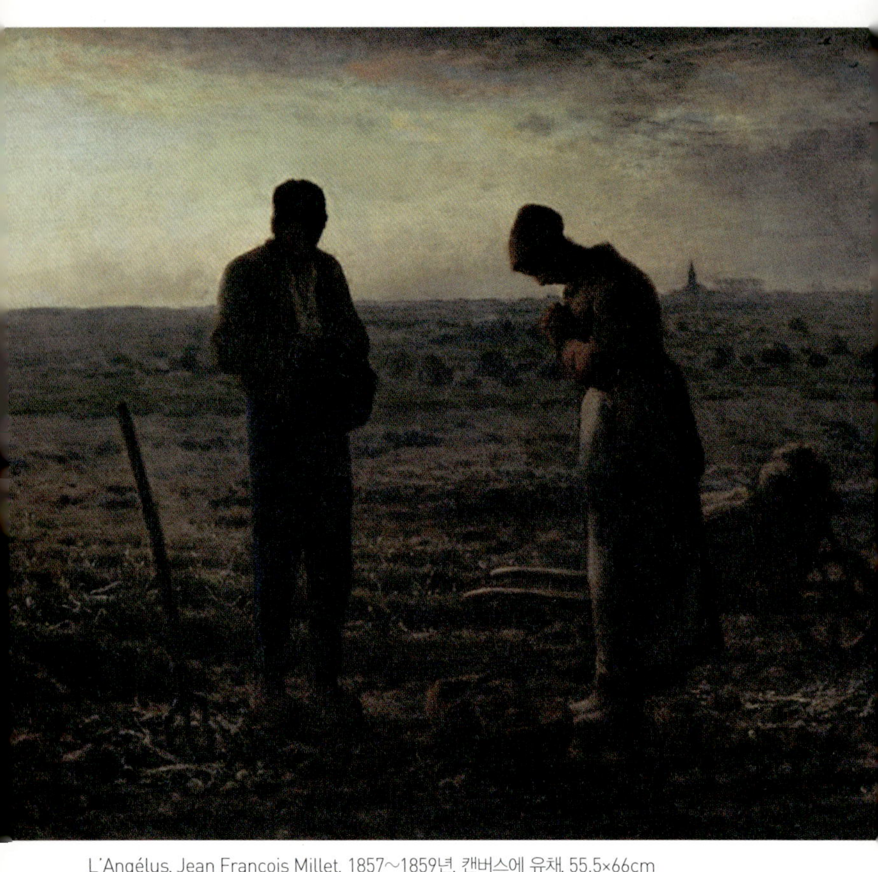

L'Angélus, Jean Francois Millet, 1857~1859년, 캔버스에 유채, 55.5×66cm

만종

밀레의 작품 중 가장 유명한 작품이 바로 〈만종〉으로, 이 그림은 밭에서 하루 일을 마치고 교회의 종소리에 맞춰 부부가 삼종 기도를 드리는 모습을 묘사하고 있다. 밀레는 어릴 적 할머니가 일하다가도 종소리가 들리면, 일을 멈추고 기도를 했던 모습을 떠올리면서 이 그림을 그렸다고 한다.

그림에서 부부는 감자를 캐고 있었던 듯 바닥에 감자 바구니가 있고, 그 옆에는 농기구들이 놓여 있다. 그리고 저녁의 따사로운 풍경이 고된 노동 후에 기도를 드리는 부부의 모습과 어우러져 평화로움을 느끼게 한다.

하지만 이 그림에 대해 살바도르 달리는 바닥에 놓인 것이 감자 바구니가 아니라 아이의 관이었다는 주장을 했고, 그의 주장에 의해 실제로 X선 검사를 해 본 결과 밑그림에서는 바구니가 사각형이었다는 것이 확인되었다. 그래서 사람들은 이 그림이 아이를 잃고 슬퍼하며 관을 묻기 전에 마지막 기도를 올리는 장면이라는 해석을 하기도 한다.

하지만 사각형 바구니라고 해서 반드시 아이의 관이라는 확신은 없다. 감자 바구니가 사각형이었을 수도 있기 때문이다. 그것은 아마 그림을 그린 밀레만이 알 수 있을 것이다. 어떤 주제로 그림을 그렸든, 이 그림이 농촌의 풍경을 그린 민중 회화라는 점에는 변함이 없다.

풀밭 위의 점심 식사

인상주의의 아버지라고 불리는 마네는 주로 도시 생활을 그림으로 그린 화가이다. 하지만 그의 그림들은 살롱전에서 많은 비난을 받았고, 이 그림 역시 당시의 사람들에게 분노를 일으켰던 작품 중 하나이다.

이 그림에는 두 명의 여인과 두 명의 신사가 등장해 한적한 숲속에서 피크닉을 즐기고 있다. 남자들은 깔끔한 옷차림을 한 것에 반해, 여자들은 나체로 등장한다. 이 당시는 부유한 사람들이 돈으로 매춘부를 산 뒤, 도시 외곽으로 나들이를 가기도 했는데, 마네는 이런 부유한 사람들을 비판하는 그림을 그린 것이다.

여인들은 벌거벗고 있음에도 부끄러워하기는커녕 오히려 관람자를 쳐다보고 있는 것처럼 보인다. 또한 눈이 부실 정도로 밝게 표현된 여자의 나체는 검은 복장의 남자들과 대비되어 더욱 시선을 사로잡는다.

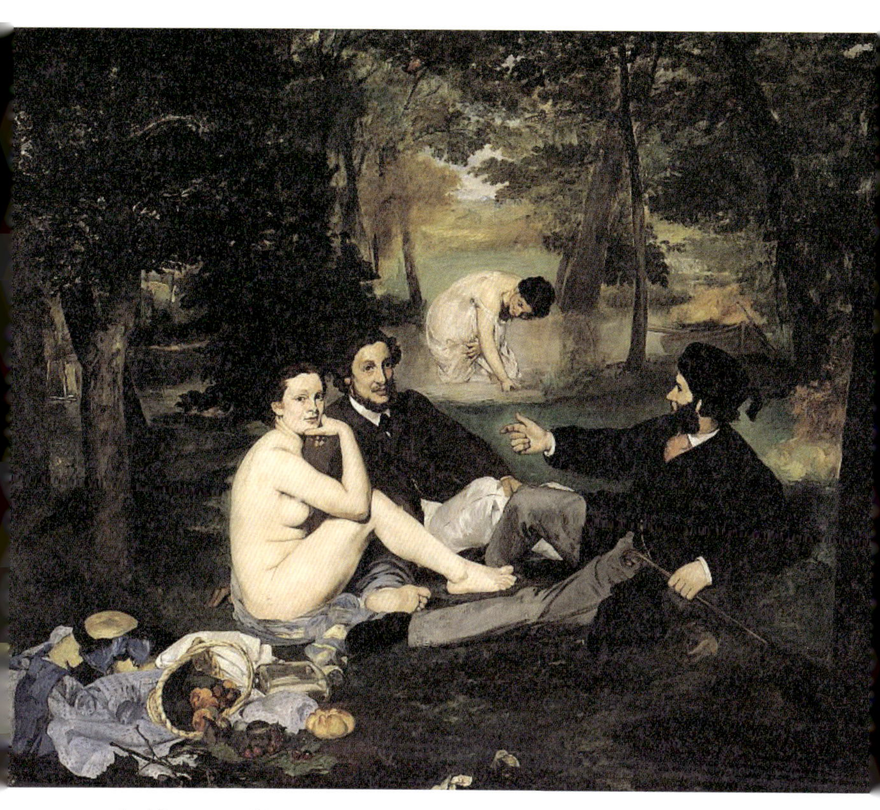

Le déjeuner sur l`herbe, Eduard Manet, 1863년, 캔버스에 유채, 208×264.5cm, Room 29

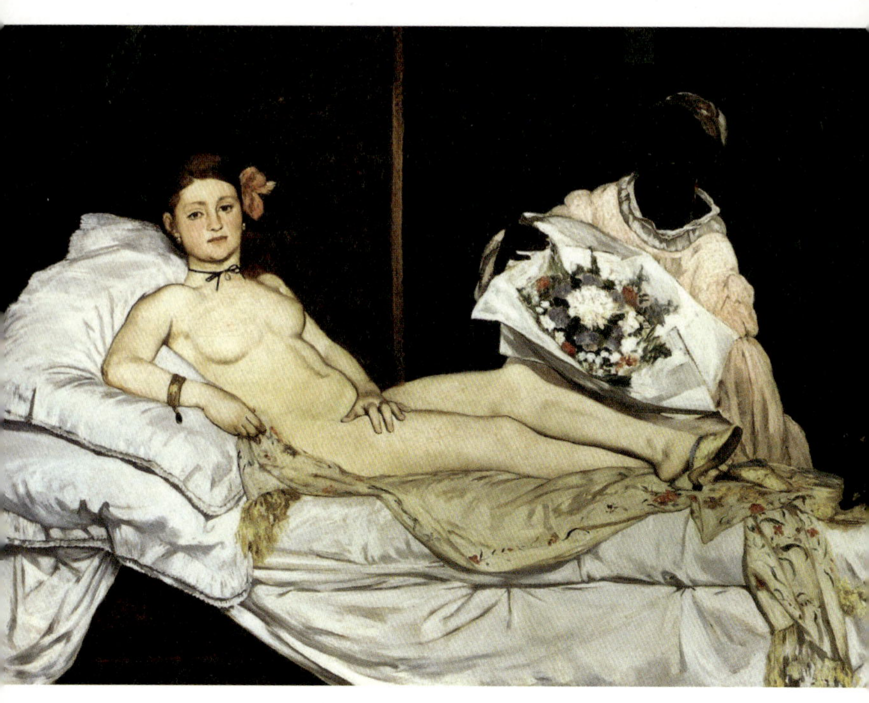

Olympia, Eduard Manet, 1863년, 캔버스에 유채, 130.5×190cm, Room 29

올랭피아

마네의 작품 중 〈풀밭 위의 점심 식사〉와 더불어 엄청난 비난을 받았던 작품이 바로 〈올랭피아〉이다. 하지만 지금은 마네의 수많은 작품들 중에서도 걸작으로 손꼽히고 있어, 19세기와 현재 미술의 평가가 얼마나 대조적인지를 알 수 있는 작품이기도 하다.

이 그림의 모델은 빅토린 뫼랑으로 일반적인 누드화에 등장했던 여신이나 요정이 아닌 매춘부였다. 그녀가 매춘부였다는 것은 목과 팔에 묶인 리본을 통해 알 수 있다. 그녀는 나체로 침대 위에 누워 있는데, 그녀에게는 부끄러움이 아니라 오히려 당당함이 느껴진다. 그녀의 옆에는 그녀에게 꽃을 전달하는 흑인 하녀가 있다. 아마도 그녀의 고객이 보내온 꽃일 것이다.

또한 발 밑에서 꼬리를 바짝 세운 검은 고양이는 남자 혹은 여자의 성기를 상징하기도 한다.

피리 부는 소년

마네의 또 하나의 걸작인 〈피리 부는 소년〉은 마네의 친구인 근위대 사령관 르조슨이 데려온 근위군의 소년병이다. 하지만 이 그림은 〈올랭피아〉의 모델이었던 빅토린 뫼랑을 그린 것이라는 설도 있다.

그림 속 주인공은 간결한 배경 속에서 빨간색과 검정색 원색 계열의 옷을 입고 피리를 불고 있다. 이 그림은 당시 마네가 마드리드를 방문했을 때, 벨라스케스의 작품에서 영향을 받아 인물의 실루엣을 일본의 판화 형식으로 처리한 것으로, 정확하면서도 간결한 느낌이 든다.

또한 소년의 몸짓과 표정에서 피리소리가 들리는 것 같은 생동감이 느껴지고, 소년에게서는 당당함이 느껴진다.

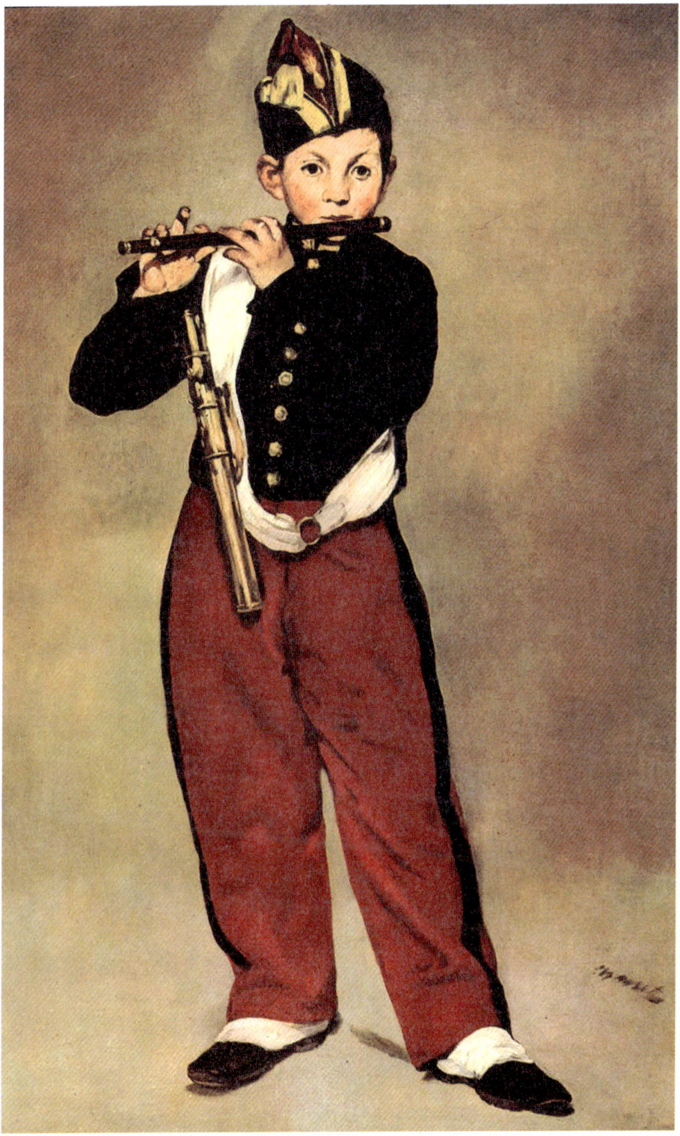

Le fifre, Eduard Manet, 1866년, 캔버스에 유채, 161×97cm

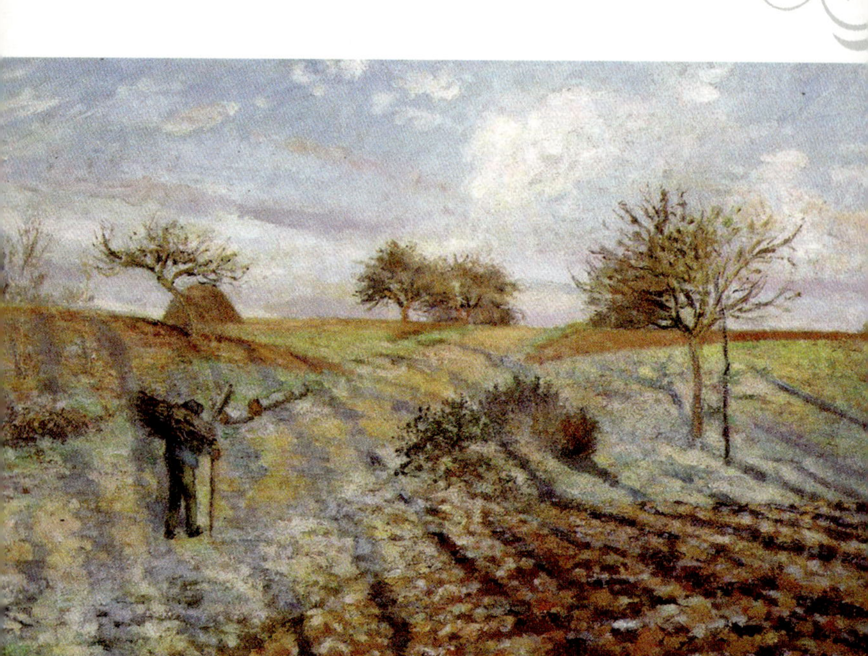

Gelée blanche, Camille Pissarro, 1873년, 캔버스에 유채, 65×93cm

흰서리

까미유 피사로는 인상주의에 많은 영향을 끼쳤던 화가로, 주로 풍경화를 많이 그렸다. 이 작품은 피사로가 파리 근교의 퐁투아즈에서 살 때 자신의 마을 모습을 그린 것이다.

가을에서 겨울로 접어들고 있는 시골의 풍경이 이 작품에서 잘 드러난다. 곡식이 다 익어 추수가 끝났고, 나무에도 나뭇잎들이 이미 다 떨어졌지만 그렇게 쓸쓸해 보이지 않고 오히려 따뜻함이 느껴진다. 왼편에는 지게를 지고 가는 사람의 뒷모습을 그려 넣어 일을 마치고 돌아서는 인물의 삶의 무게가 느껴진다.

피사로는 시골의 소소한 풍경과 그곳의 소박한 일상들을 그림으로 그렸는데, 말년에는 눈병으로 인해 야외에서 그림을 그릴 수 없어 창밖으로 보이는 풍경들을 그림에 담았다.

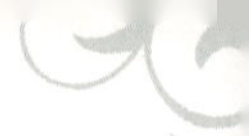

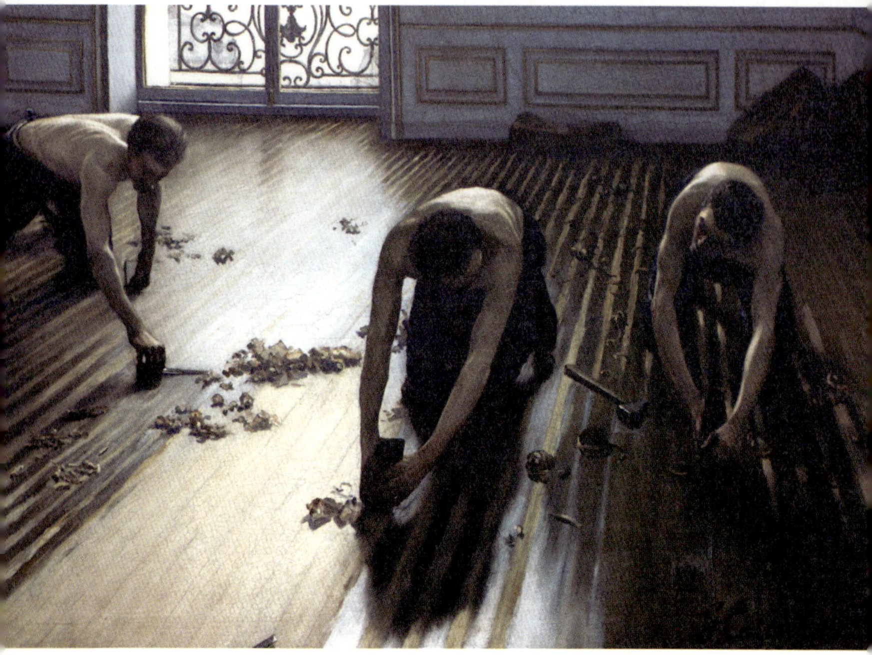

Raboteurs de parquet, Gustave Caillebotte, 1875년, 캔버스에 유채, 102×146.5cm, Room 32

프랑스의 인상주의 화가 중 한 명인 카유보트는 사실주의 화풍을 공부했지만, 인상파 화가들과 어울리며 인상주의의 영향을 많이 받았다. 그는 주로 일상적인 파리의 모습을 그림에 담았다.

이 그림은 도시 속 노동자의 일상을 보여 주는 최초의 그림으로, 마룻바닥을 깎기 위해 대패질하는 사람들의 모습을 지극히 사실적으로 그렸다.

노동자들은 창문에서 들어오는 빛을 받으며 마룻바닥을 대패질하고 있는데, 그들의 팔에서는 노동을 많이 했음을 알 수 있는 근육이 돋보인다.

발레 수업

프랑스를 대표하는 화가 중 한 명인 에드가 드가는 풍경화보다는 근대 생활에서 모티브를 잡아 발레 학교, 세탁소, 경마 등의 이야기를 주제로 그림을 그렸다. 특히 발레 학교에 관해서는 여러 번 그림을 그렸을 정도로 가장 선호했던 주제 중 하나였다.

그의 발레 시리즈 중에서 가장 유명한 이 작품은 당시 유명한 발레 선생님인 '쥘 페로'의 수업 중 한 장면을 그린 것으로, 그림의 주인공은 발레리나들이 아니라 선생님이다.

드가는 관람객의 시선이 가장 왼쪽의 발레리나로부터 반대쪽의 발레리나에까지 이동되도록 공간 구성을 보여 주고 있다. 또한 수업의 한 장면을 마치 우연히 찍은 사진처럼 순간의 한 장면으로 묘사하고 있다. 풍부한 화면 구성을 위해 분무기나 강아지 등을 배치해 세부 묘사에도 신경을 썼다.

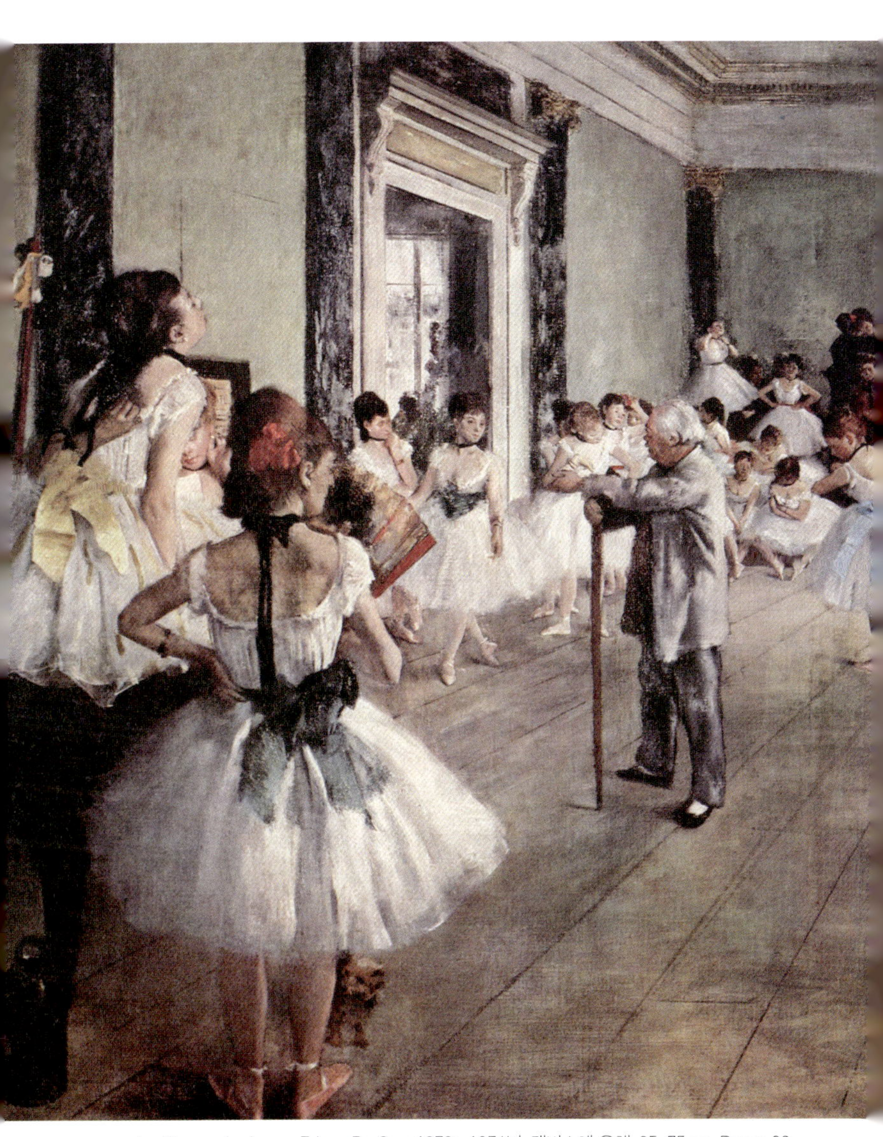

La Classe de danse, Edgar De Gas, 1873～1876년, 캔버스에 유채, 85×75cm, Room 32

압생트를 마시는 사람

에드가 드가의 또 다른 대표작 중 하나인 이 작품에는 한 여인이 노동자들이나 마시던 독한 술인 압생트 한 잔을 앞에 두고 축 처진 모습으로 앉아 있다.

압생트는 알코올 도수가 40~70% 정도 되는 독한 술이다. 쑥과 여러 약초를 섞어서 만든 술인데, 이 당시 인기가 많았던 술이기도 하다. 여자는 허름한 카페에서 독한 술을 앞에 두고 힘없이 앉아 있는 모습인 것으로 보아 아마도 좋지 않은 일이 있었을 것으로 추측할 수 있다.

또한 그녀의 옆에는 검은 양복을 입고 담배 파이프를 물고 있는 남자가 있는데, 이 남자는 여자의 연인이거나 남편일 것이다. 옆에 비어 있는 테이블이 있지만, 한 테이블에 같이 앉아 있기 때문이다. 하지만 두 사람은 마치 모르는 사람인 것처럼 서로 시선을 마주치지 않고 있어 두 사람 사이에 뭔가 해결하기 힘든 문제가 있는 듯한 느낌을 준다.

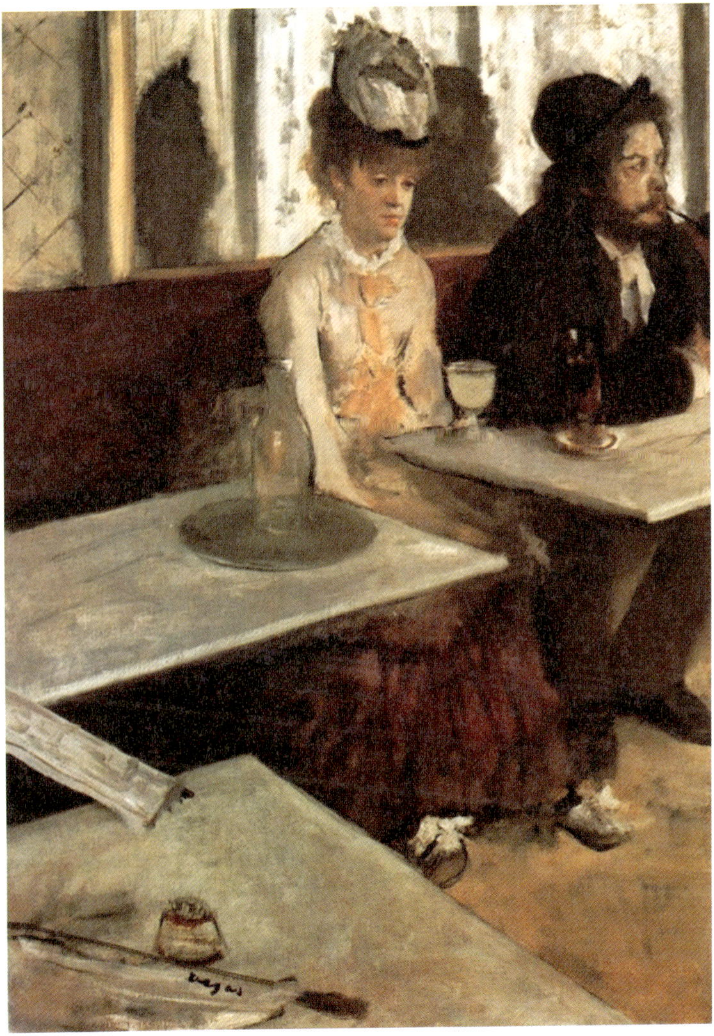

l'absinthe, Edgar De Gas, 1876년, 캔버스에 유채, 92×68cm, Room 32

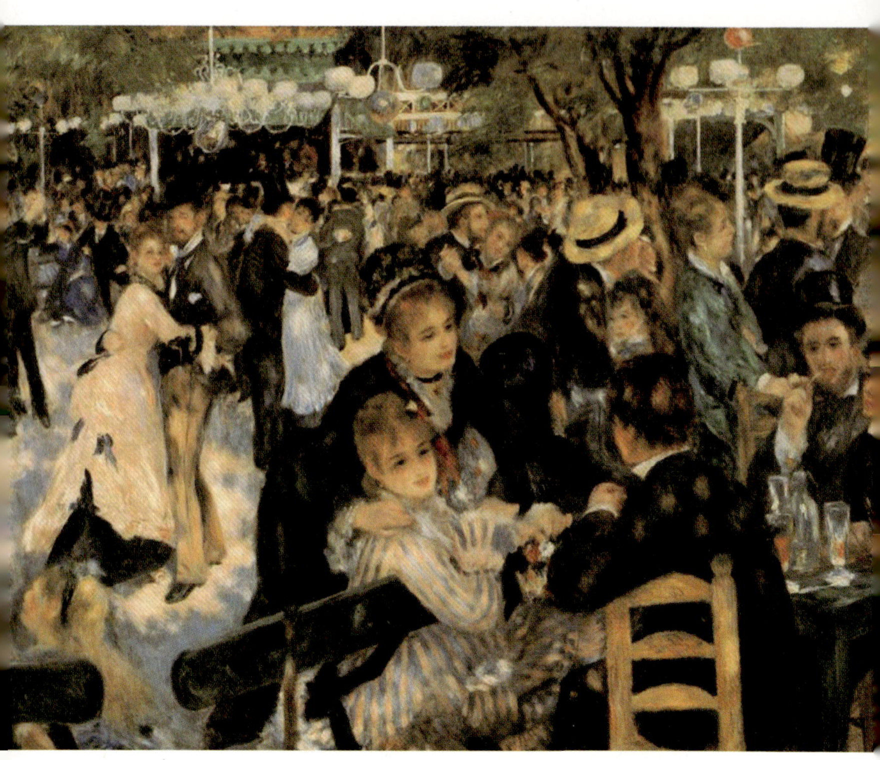

Bal du Moulin de la Galette, Montmartre, Auguste Renoir, 1876년, 캔버스에 유채,
131×175cm, Room 32

물랭 드 라 갈레트의 무도회

르누아르는 프랑스의 인상파를 대표하는 화가로, 주로 여성이나 풍경 등을 그렸다. 이 작품은 르누아르의 작품 중에서도 가장 유명한 작품 중 하나로, 1877년 인상파 전시회 때 처음 소개되었다.

이 작품의 배경은 당시 파리에서 가장 유명했던 무도회장인 '물랭 드 라 갈레트'이다. 르누아르는 이 작품에 많은 모델을 등장시켰는데, 인물마다 제각각의 몸짓과 표정을 하고 있어, 얼마나 주의를 기울여 그렸는지를 알 수 있다.

햇살이 비추는 일요일 오후, 젊은 남녀의 분위기를 화사하고 아름답게 표현했다.

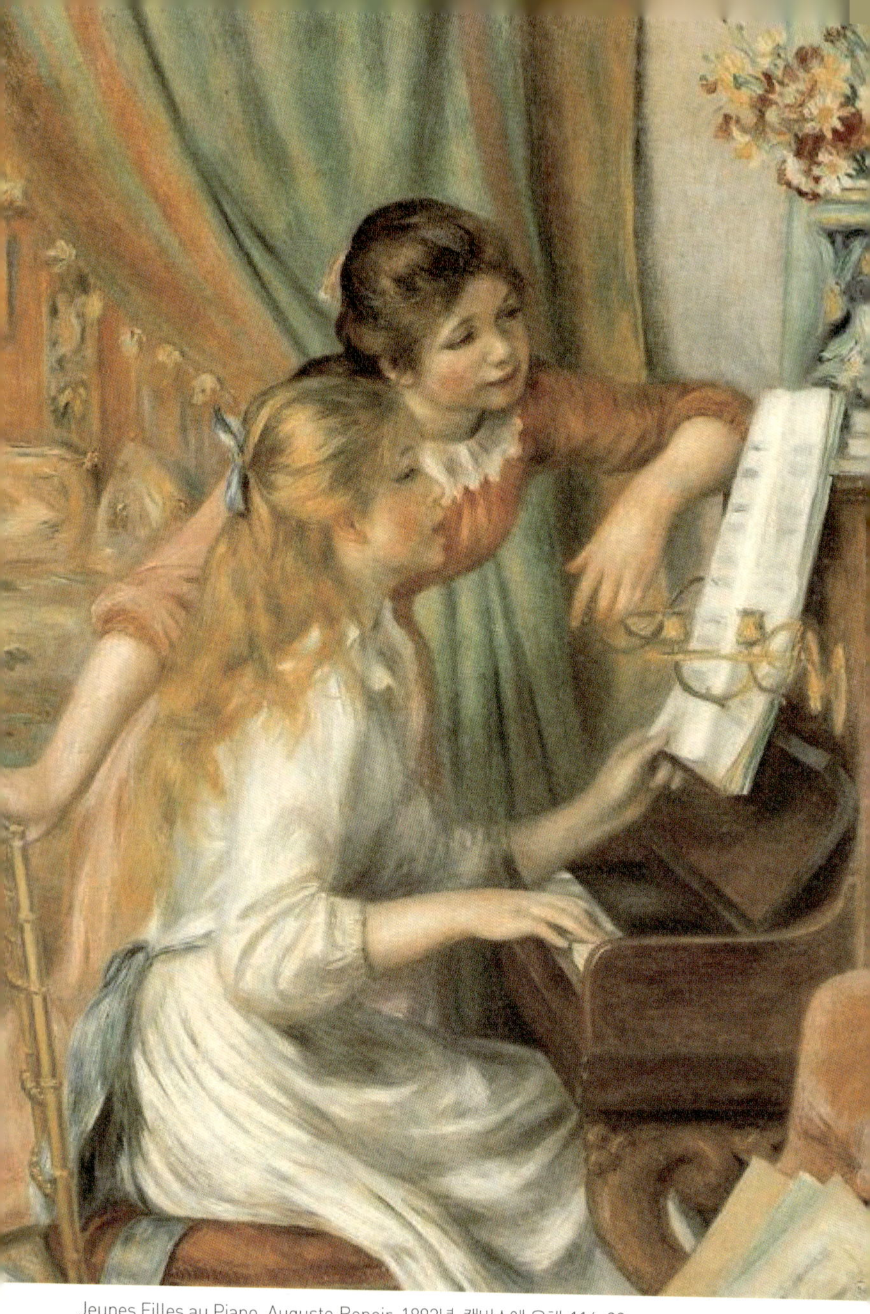

Jeunes Filles au Piano, Auguste Renoir. 1892년. 캔버스에 유채. 116×90cm

피아노를 치는 소녀들

두 소녀가 다정하게 피아노 앞에 있는 모습을 그린 그림으로 한 소녀는 악보를 넘기면서 피아노를 치고, 다른 소녀는 피아노에 팔을 기댄 채 서 있다.

르누아르는 이 그림에서 철저하게 계산해 완벽한 균형이 잡힌 구도로 그림을 그렸다. 두 소녀는 황금 비율로 나누어진 구도 안에 들어와 있고, 대각선으로도 안정된 구도를 보여 준다. 또한 서 있는 소녀의 머리를 꼭지점으로 해서 선을 그어 보면 삼각형 구도가 완성되는 등 전체적인 구도에서 편안함과 인정감이 돋보인다.

또한 전체적으로 따뜻한 노란색을 사용함으로써 그림 전체에 포근하면서도 온화한 느낌이 감돈다.

생 라자르 역

프랑스의 인상파 화가를 대표하는 또 한 명의 화가가 바로 클로드 모네이다. 특히 그의 작품 〈인상 : 해돋이〉라는 작품에서 인상파라는 말이 생겨났을 정도로, 모네는 인상파에 많은 영향을 끼친 인물로, 인상파의 창시자 중 한 사람이기도 하다.

이 그림이 그려질 당시, 생 라자르 기차역은 단순히 기차를 타고 내리는 곳이 아니라 산업화와 문명의 발전을 상징하는 장소였다. 마차를 타고 다녔던 사람들에게 기차의 탄생을 생각해 보면, 생 라자르 역 그림이 주는 의미는 단순한 기차역을 의미하는 것은 아닐 것이다.

모네는 생 라자르 기차역 근처에 집을 얻어 1년 정도 그곳에 살면서 여러 점의 생 라자르 역 그림을 남겼다.

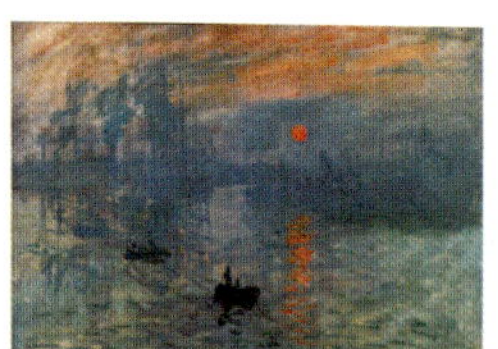

〈인상 : 해돋이〉, 파리 마르모탕 미술관

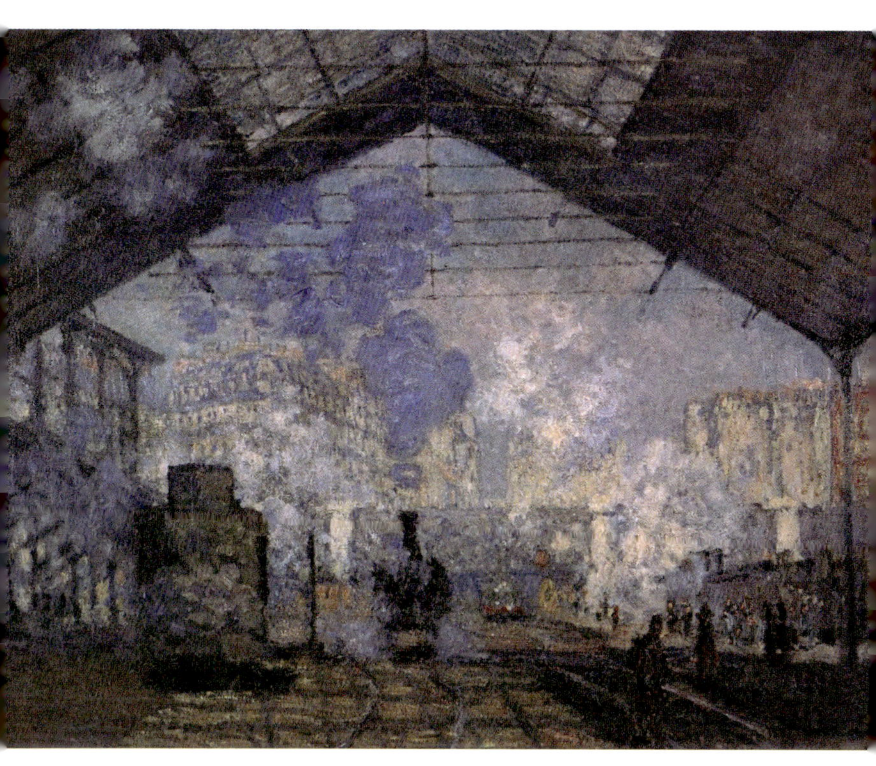

La gare Saint Lazare, Claude Monet, 1877년, 캔버스에 유채, 75.5×104cm

루앙 성당 연작

모네는 루앙에 두 차례 머물면서 루앙 성당 연작을 작업했다. 작업을 하는 동안 루앙 성당 맞은편에 방을 빌려 창밖의 성당을 관찰해 그림을 그렸는데, 하루에도 여러 번 빛에 의해 변하는 성당의 모습을 그림에 담았다. 그렇게 완성된 40여 점의 루앙 성당의 모습은 같은 피사체를 그린 것에도 불구하고 저마다 다른 색과 형태를 띄고 있어서 감탄을 자아낸다.

작품을 보면 맑은 날에는 푸른색, 비오는 날에는 갈색이 주로 담겨 있다. 또한 거친 붓터치를 통해 더욱 인상적인 작품으로 보인다. 오르세 미술관에서는 루앙 성당의 연작을 여러 점 같이 볼 수 있어서 빛의 변화에 따른 루앙 성당의 변화 또한 한눈에 확인할 수 있다.

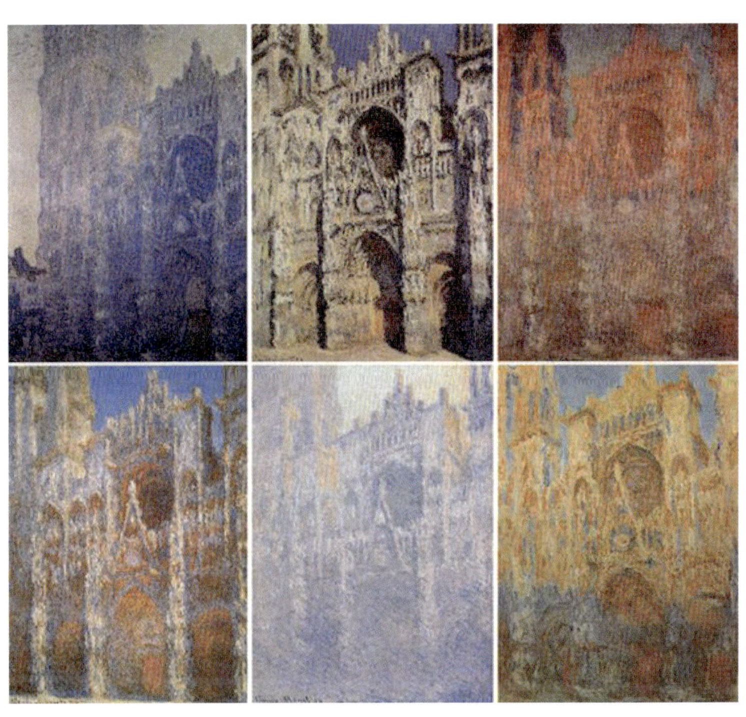

Cathédrale de Rouen, Claude Monet, 1893년, 캔버스에 유채, 91×63cm

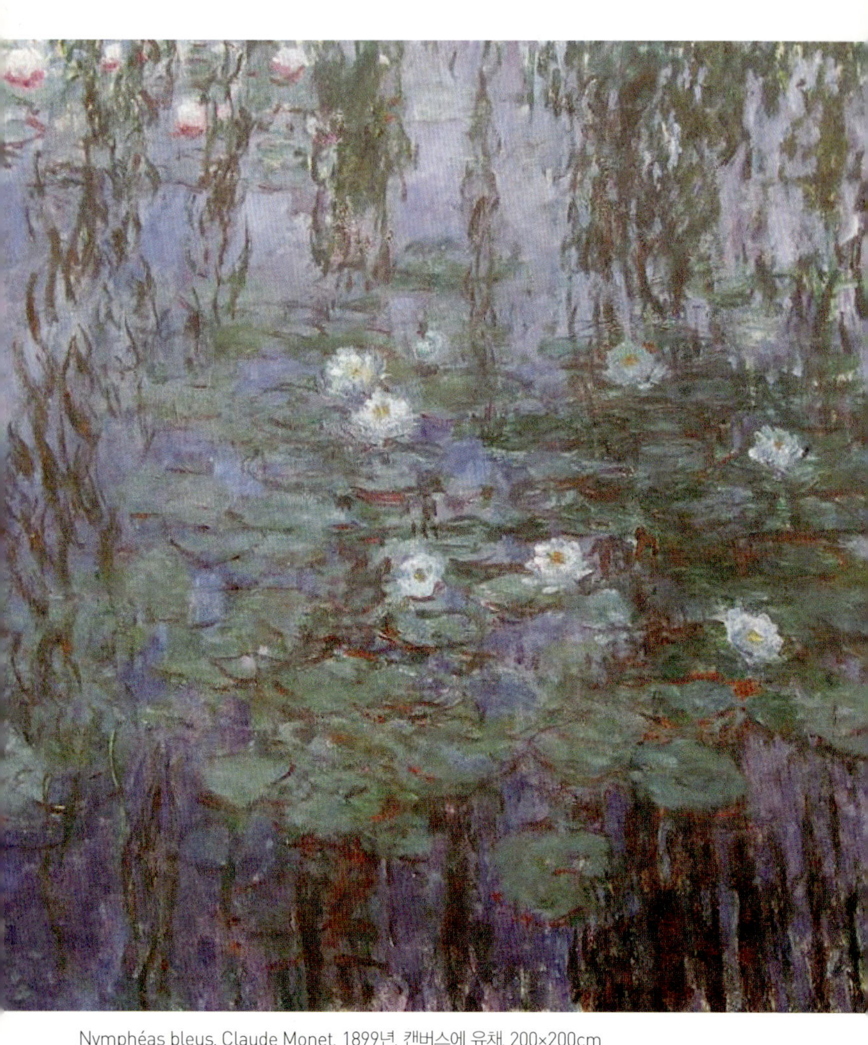

Nymphéas bleus, Claude Monet, 1899년, 캔버스에 유채, 200×200cm

청색 수련

모네는 말년에 지베르니에 머물면서 정원이나 연못을 가꾸는 데 심혈을 기울였고, 20년 동안 250여 점의 〈수련〉 연작을 그렸다. 그중에서 이 작품은 보라색과 초록색의 대치를 통해 아름다운 수련을 표현하고 있다. 수련과 함께 지베르니 정원과 연못의 모습이 조화를 이루고 있다.

모네가 그린 '수련' 주제의 그림만 250여 점이 있지만, 저마다 각각 다른 느낌을 풍기는 이유는 작품마다 색채가 다르고, 다양한 빛과 구도가 등장하기 때문이다. 이 작품에도 역시 빛이 주는 아름다움이 잘 표현되어 있다.

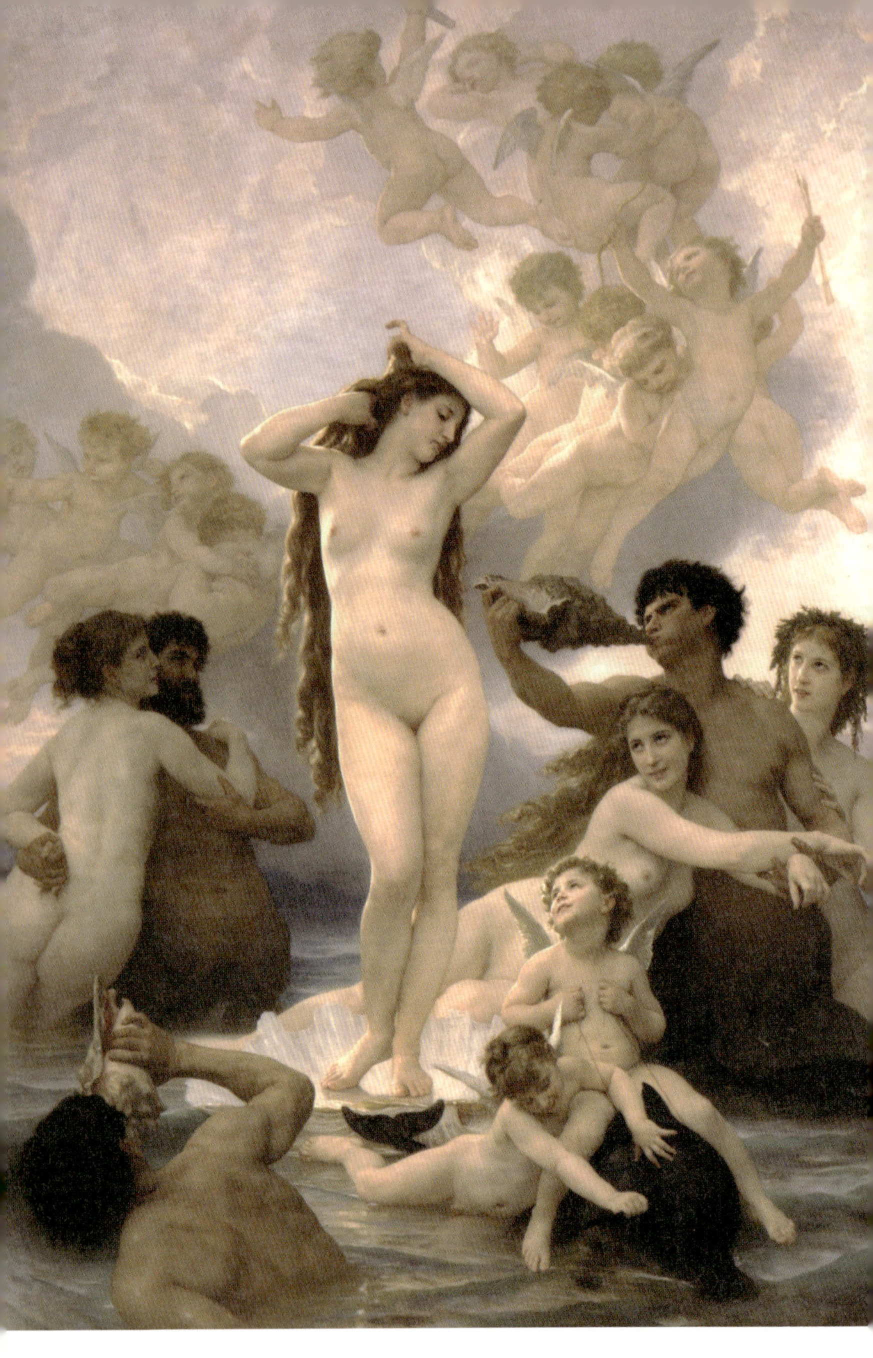

비너스의 탄생

부그로는 프랑스의 신고전주의를 대표하는 화가로, 인상주의에 반대해서 엄격한 형식과 기법으로 그림을 그렸다. 부그로는 초상화부터 신화에 이르기까지 다양한 장르의 주제로 그림을 그렸는데, 이 작품을 그렸던 시기는 한창 신화에 열중하던 시기였다. 그의 작품 중 가장 걸작으로 손꼽히는 작품이 바로 이 〈비너스의 탄생〉이다.

이 작품에서 비너스는 머리를 쓰다듬으면서 서 있고, 옆에는 비너스의 탄생을 축하하기 위해 고동을 불고 있는 신들이 있다. 비너스가 타고 있는 조개를 끌고 있는 푸토는 돌고래를 타고 있다. 비너스의 하얀 피부는 빛을 받아 더욱 돋보이며, 콘트라포스토 자세를 취하고 있어, 더욱 우아하고 아름답게 느껴진다.

※ 콘트라포스토 : 인체를 표현할 때 무게를 한쪽 발에 집중하고 다른쪽 발을 편안하게 놓는 구도. 대칭적 조화를 말한다.

Naissance de Vénus, William Adolphe Bouguereau, 1879년, 캔버스에 유채, 300×215cm, Room 3

아를의 별이 빛나는 밤

후기 인상파를 대표하는 화가 고흐는 네덜란드 출신이지만 프랑스에서 활동했던 화가이다. 고흐는 10년이라는 짧은 화가로서의 생애 동안 상당히 많은 걸작을 남긴 화가이기도 하다.

고흐는 그림을 그리기 위해 프랑스 남부의 아를 지역에 거주했던 적이 있는데, 그 당시 밤하늘을 무척이나 좋아했다. 밤이지만 색을 가지고 있다고 생각한 고흐는 이 작품에 전체적으로 푸른색을 넣었고, 가운데 커다랗게 반짝이는 노란색 북두칠성과 별을 그려 넣었다. 그리고 그 별이 물에 잔잔하게 비치고 있어, 차가운 밤의 풍경을 따뜻하게 표현하고 있다.

아래쪽에는 연인으로 보이는 사람을 배치함으로써 아를의 밤 풍경을 더욱 사랑스럽게 표현했다.

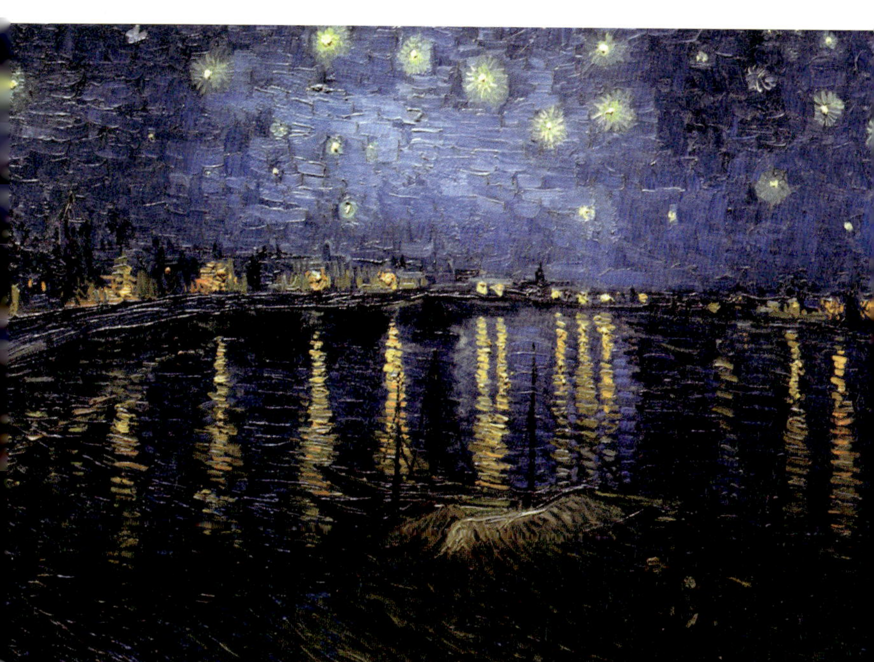

La nuit étoilée, Arles, Vincent van Gogh, 1888~1889년, 캔버스에 유채, 72.5×92cm

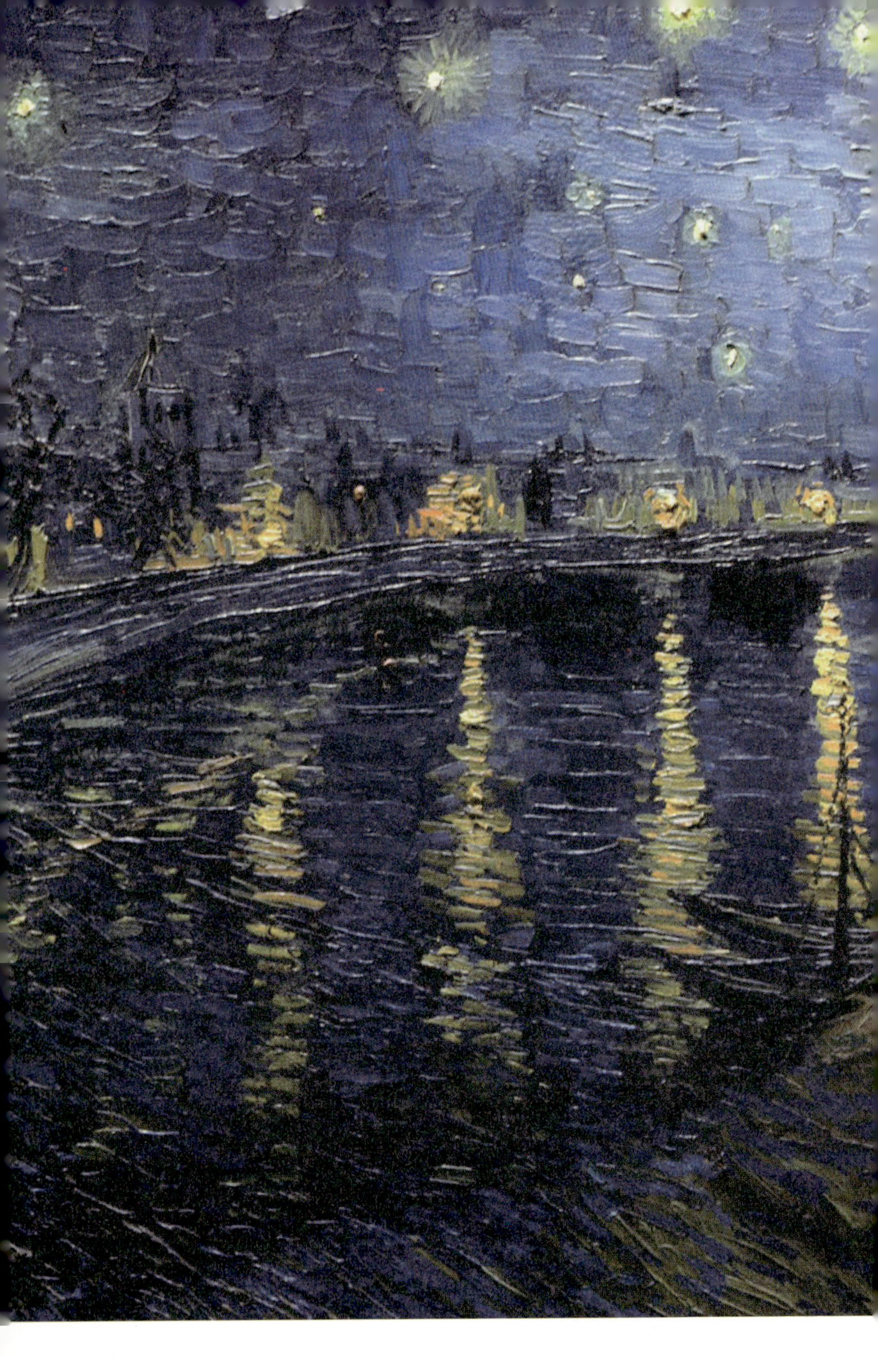

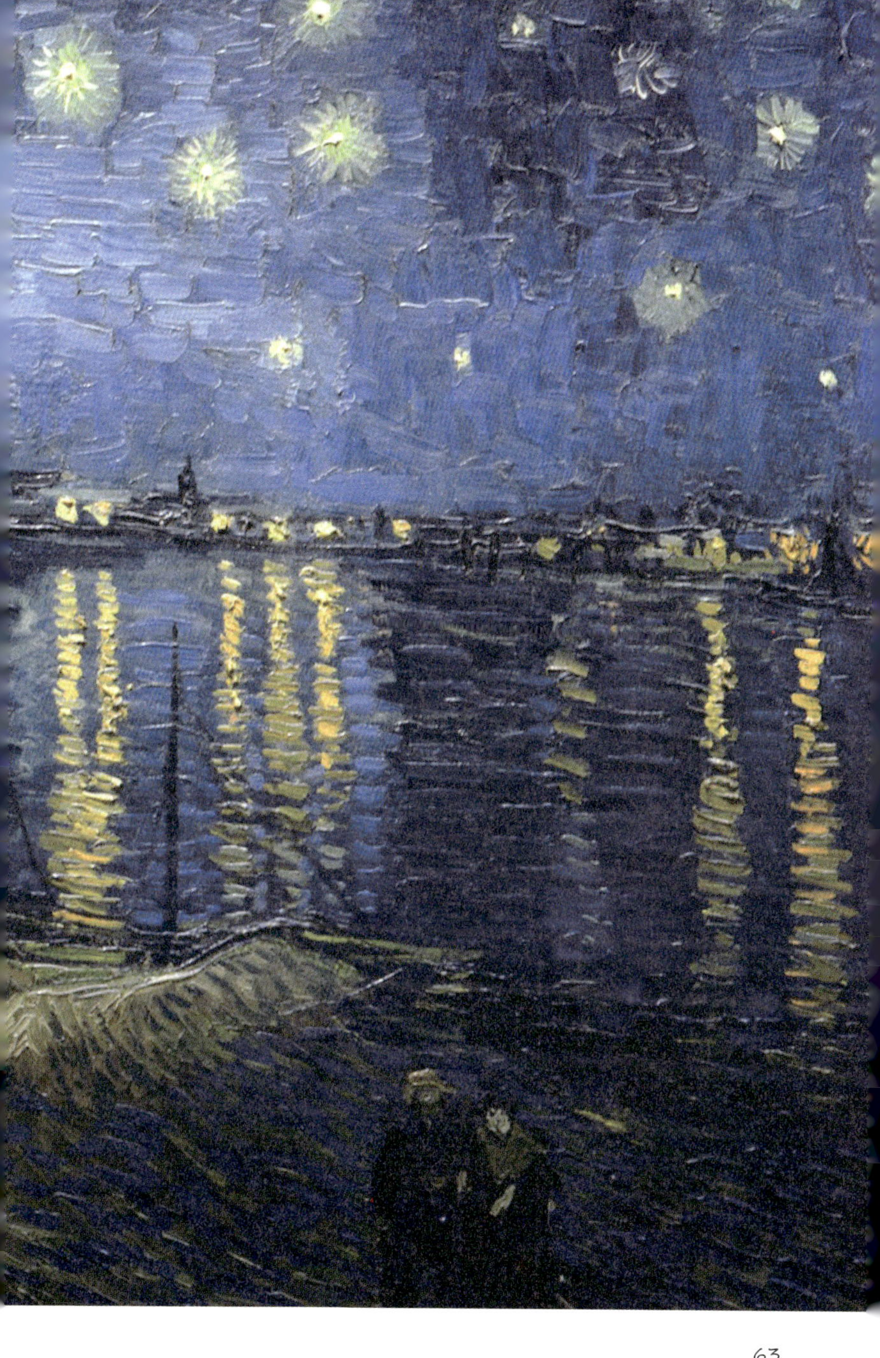

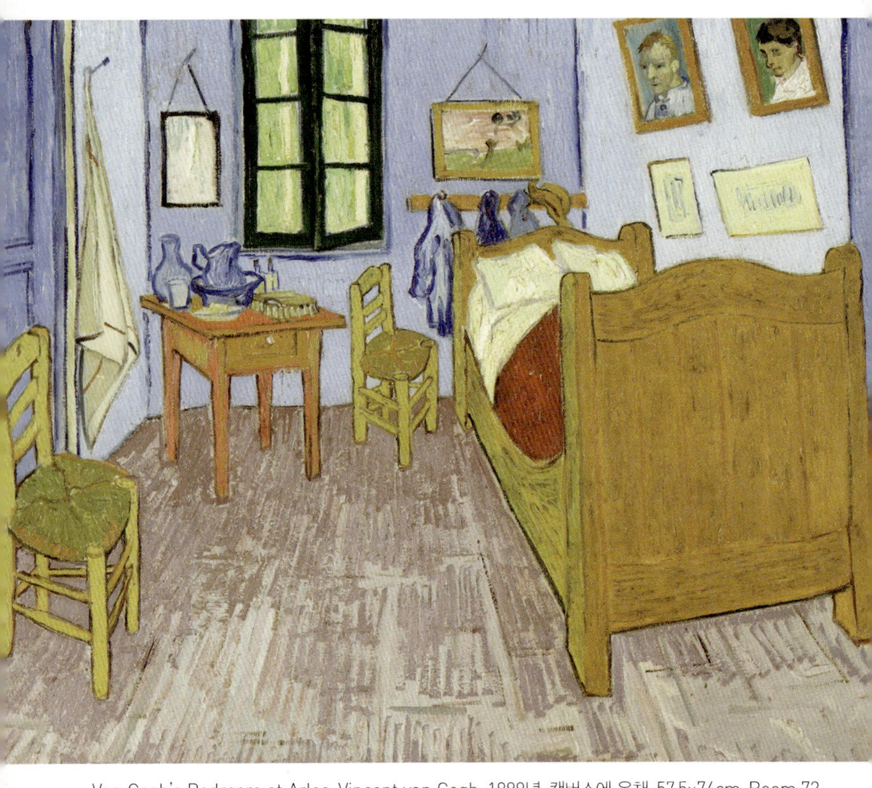

Van Gogh's Bedroom at Arles, Vincent van Gogh, 1889년, 캔버스에 유채, 57.5×74cm, Room 72

아를의 고흐의 방

고흐는 아를에서 지내던 자신의 방을 모두 세 작품 그렸는데, 이 그림은 그중 마지막으로 그린 것이다. 세 작품 중 첫 번째로 그린 그림은 암스테르담의 반 고흐 미술관에 소장되어 있고, 두 개 더 제작한 다른 작품 중 하나는 시카고 현대 미술관, 또 하나는 이곳 오르세 미술관에 각각 소장되어 있다.

고흐가 태어난 곳은 네덜란드지만 그는 프랑스에서 주로 작품활동을 했다. 아를은 고흐가 잠시 살았던 곳이지만 그의 제2의 고향이라고 생각될 정도로 그의 많은 걸작들이 아를에서 탄생되었다.

고흐는 아를에서 많은 예술가들과 공동체를 만들어 작품 활동을 하려고 했으나 예술가들과의 교류가 어려워 실패하고, 그나마 함께 해 준 고갱과 함께 이곳 아를에서 생활할 수 있었다. 하지만 오래 가지 않아 고갱과의 불화, 정신 질환의 발작 등으로 인해 고흐는 결국 자신의 왼쪽 귀를 자르고 정신병원에 들어가게 된다.

이 작품을 들여다보면 아를에서의 그의 생활을 확인할 수 있는데, 작은 방에 튼튼해 보이는 침대와 의자 등 가구들이 들어서 있지만, 제대로 된 다른 살림살이가 보이지 않을 정도로 소박한 모습이다.

색채 구성에 집착을 보인 화가답게 이 작품 속에는 고집스러운 그의 색채감이 강하게 나타나 있다. 파란색의 벽과 빨간색의 이불, 그리고 노란색의 침대와 의자 등 다소 현실과 동떨어져 있는 것 같은 강렬한 색채들이 담겨 있다. 어울릴 것 같지 않은 보색 대비 등이 나타나 있지만, 이러한 의도적인 색감들이 더욱 보는 이의 시선을 사로잡는다.

고흐가 동생 테오에게 보낸 편지에 이 작품에 대해 언급한 내용이 있다. 그는 편지에서 '방에 각각 열두 송이와 열네 송이 해바라기를 걸고, 예쁜 침대와 소품들이 있는 이 작은 방에 그림을 걸고 보니, 이 방은 아주 특별한 곳이 되었구나'라고 전하고 있다. 이는 아마도 예술가들과의 공동체 생활을 위해 자신의 방을 장식하고 그 모습을 그림에 담으며 행복했던 당시의 기분을 나타내고 있는 듯하다.

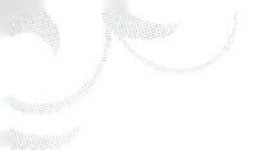

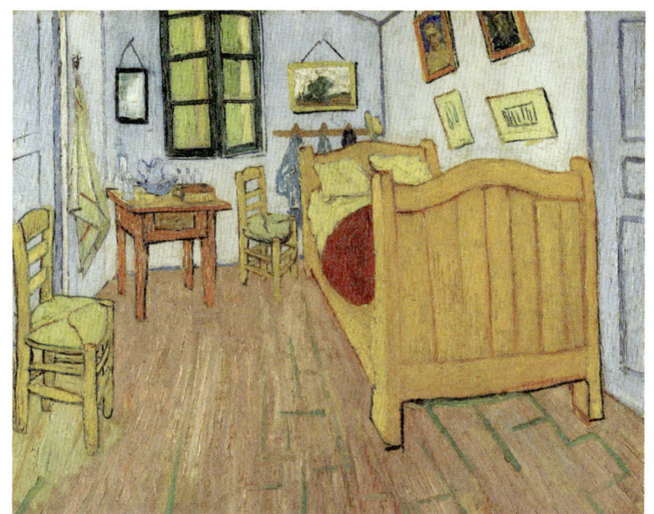

고흐의 방(첫 번째), 1888년, 캔버스에 유채, 72×90cm, 암스테르담 반 고흐 미술관

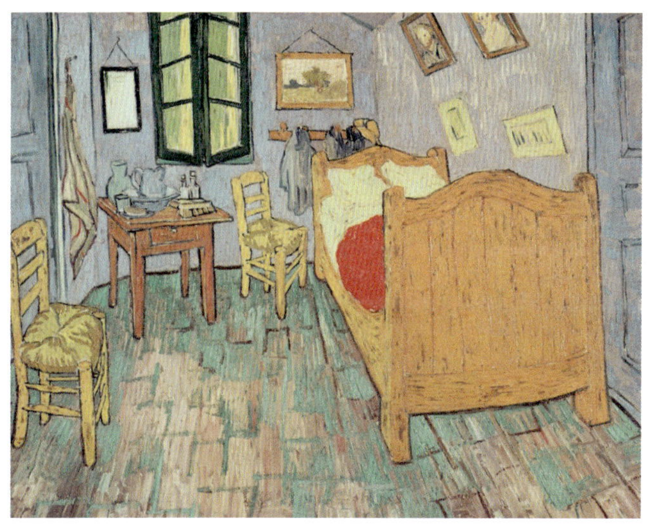

고흐의 방(두 번째), 1889년, 캔버스에 유채, 73×91cm, 시카고 현대 미술관

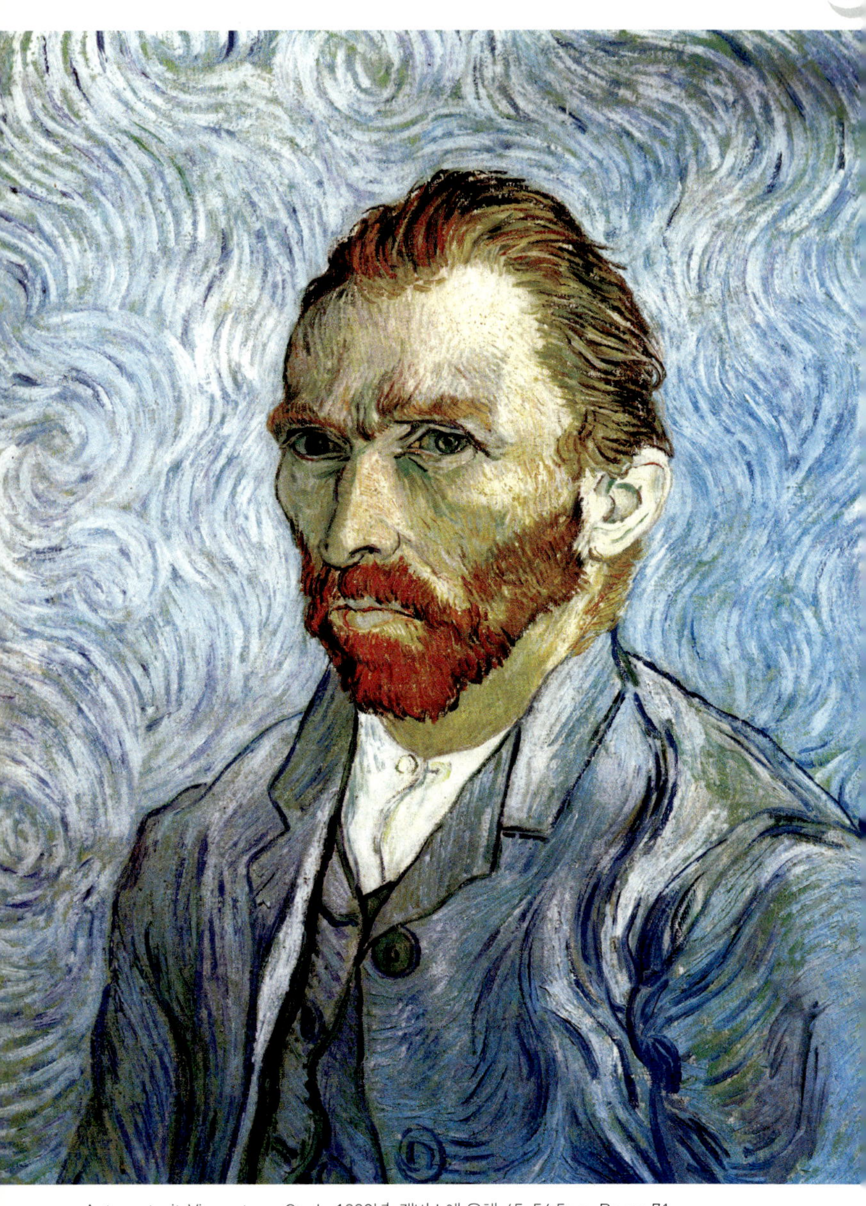

Autoportrait, Vincent van Gogh, 1889년, 캔버스에 유채, 65×54.5cm, Room 71

자화상

고흐는 자신의 자화상을 많이 그렸다. 이 작품은 생 레미에 있는 정신병원에 입원했을 당시 그렸던 그림으로, 당시 자신의 심리 상태가 많이 반영되어 있다.

이 당시 고흐는 망상과 발작에 시달렸고, 급기야는 1889년 스스로 정신병원에 입원했다. 그곳에서 그는 열정적으로 그림을 그렸는데, 그중 그의 격렬한 감정이 잘 드러난 것이 바로 이 작품이다. 그는 단정한 옷을 입고 있지만, 표정에서 긴장감을 감추지 못하고 있다. 또한 소용돌이치는 무늬는 그 당시 고흐가 겪었던 고통과 불안함을 반영하고 있다.

낮잠

〈낮잠〉은 밀레가 그린 작품을 고흐가 모사한 것으로, 밀레의 작품을 모사한 다섯 점의 작품 중 하나이다. 이 작품 역시 생 레미의 정신병원에 입원했을 때 그린 작품으로, 밀레의 원작에 최대한 충실하려고 노력해 그린 그림이다.

하지만 고흐만의 컬러와 표현 방식을 통해 밀레의 작품과는 대조적인 느낌이 들기도 한다. 고된 노동 중 즐기는 잠시의 낮잠을 통해, 부부의 평화로움과 자유로움이 느껴진다

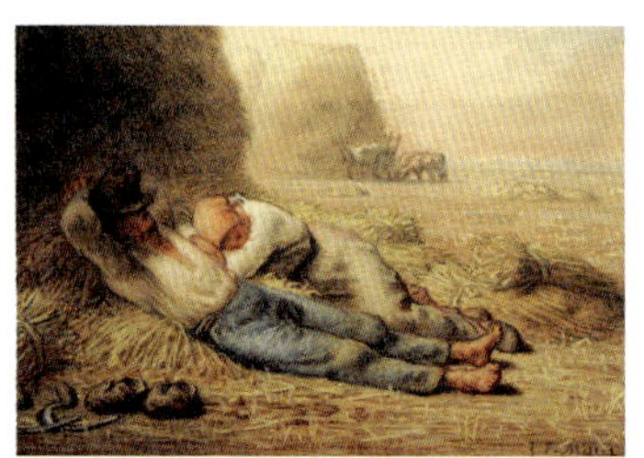

밀레의 〈낮잠〉, 1866년

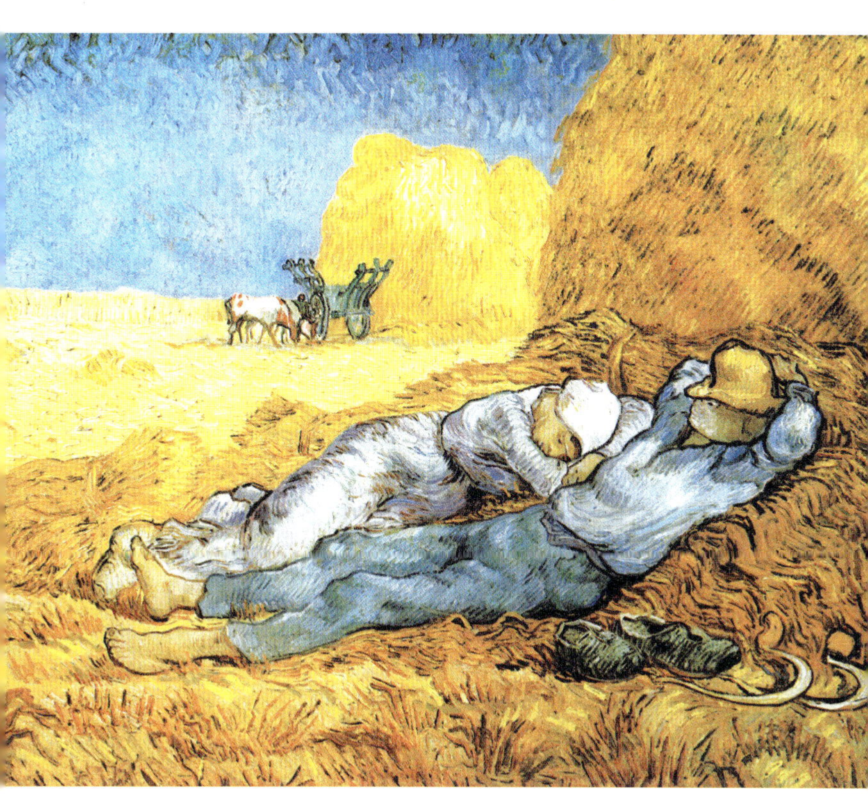

La méridienne ou la sieste, Vincent van Gogh, 1889∼1890년, 캔버스에 유채, 73×91cm,
Room 71

오베르 쉬르 우아즈의 교회

고흐가 정신병원에서 나온 후, 정착한 마을인 오베르 쉬르 우아즈에 있는 교회를 그린 그림이다. 오베르 쉬르 우아즈에서 고흐는 짧은 기간 거주했지만, 이곳에서 77점의 그림을 남겼다.

작은 마을 곳곳에 고흐의 숨결이 느껴지는 곳이기 때문에, 고흐를 사랑하는 사람들의 방문이 많은 도시이기도 하다.

오베르 교회는 13세기 고딕 양식으로 건축된 교회로, 고흐 특유의 강렬한 색깔과 붓터치가 더해져, 직접 교회를 보는 것보다 고흐의 그림으로 보는 교회가 더욱 생동감이 넘친다.

L'église d'Auvers-sur-Oise, Vincent van Gogh, 1890년, 캔버스에 유채, 94×74.5cm, Room 71

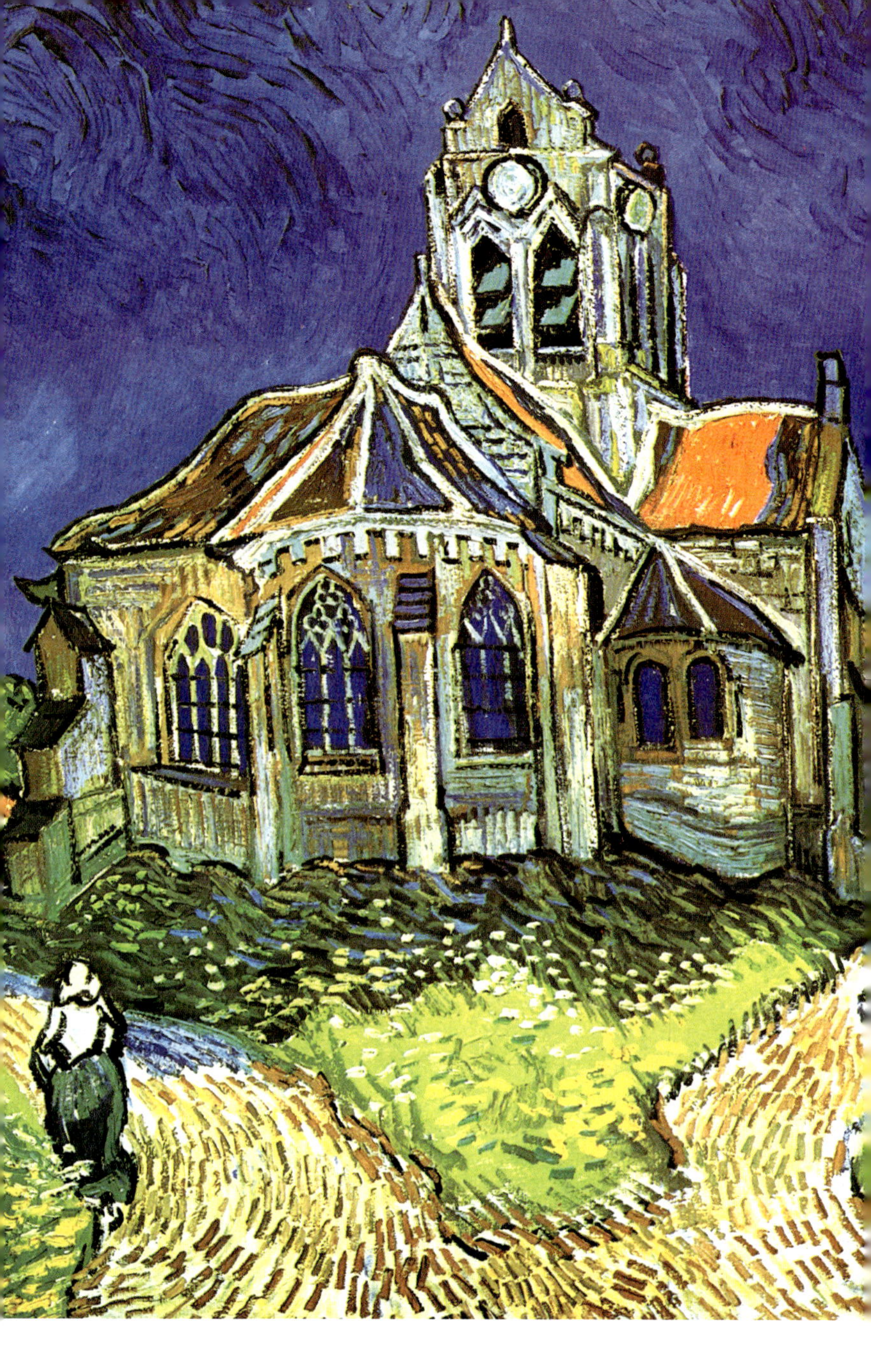

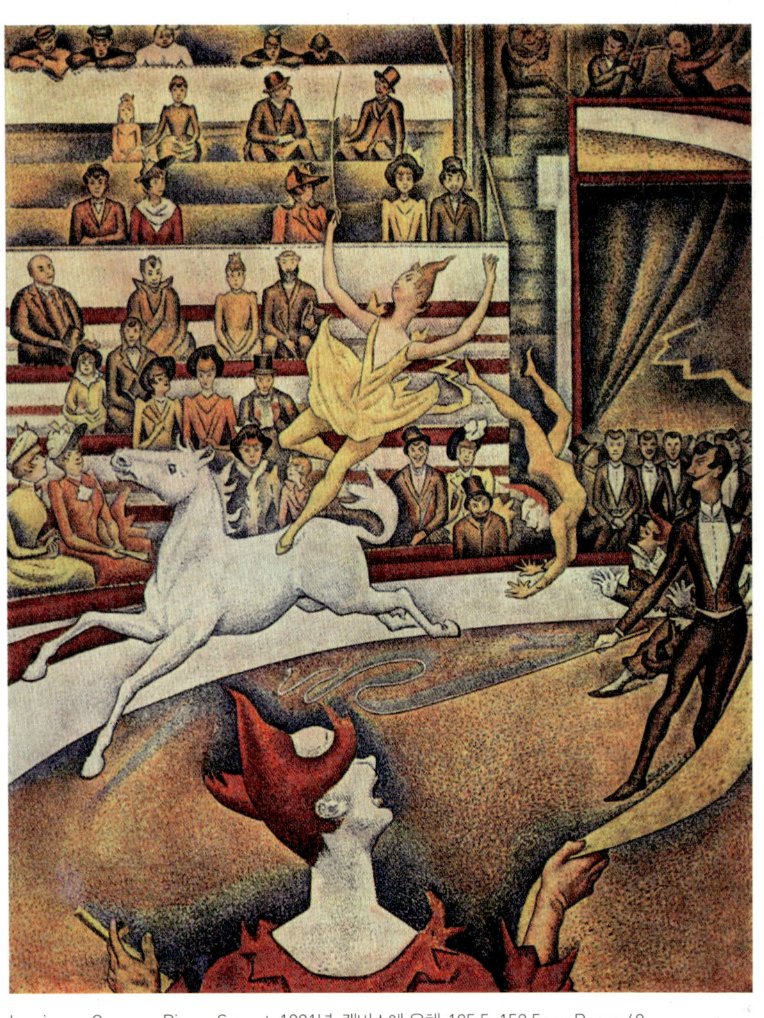

Le cirque, Georges Pierre Seurat, 1891년, 캔버스에 유채, 185.5×152.5cm, Room 69

서커스

쇠라는 프랑스의 신인상주의를 대표하는 화가로, 새로운 회화의 장을 열고 점묘법을 활용한 작품을 많이 남겼다. 이 그림 역시 쇠라의 점묘법이 두드러지는 작품으로, 쇠라가 그린 유작이자 미완성 작품이다. 쇠라는 완성 작품을 많이 남기지 못했다. 점묘법이 작품을 완성하기에 꽤 오랜 기간이 걸리는 기법이기도 하지만, 32세의 젊은 나이에 요절했기 때문이다.

〈서커스〉는 윤곽선조차도 점으로 이루어져 있을 정도로 세밀하게 그려진 그림이다. 원색이 섞이면 채도가 떨어져 탁해지기 때문에, 쇠라는 채도를 떨어뜨리지 않고 다양한 색감을 표현하기 위해, 원색을 점처럼 찍어 멀리서 보면 은은한 색감으로 표현되도록 그림을 그렸다.

이 그림은 제목과 같이 서커스의 한 장면을 묘사한 것이다. 역동적인 서커스 장면과 그 장면을 지켜보는 사람들을 주제로 일상적인 생활을 묘사했다.

아레아레아(기쁨)

고흐와 함께 프랑스의 후기 인상파를 대표하는 화가인 폴 고갱은, 남태평양의 타히티 섬을 배경으로 한 작품을 많이 남겼다. 고갱의 〈아레아레아〉는 타히티 원주민들의 풍속과 풍경을 묘사한 것으로, 강렬한 원색으로 그려졌다.

그림에서 앞쪽에 커다랗게 그려진 두 여인 중 한 명은 타히티 전통 악기인 비보를 불고 있고, 그 옆의 하얀 옷의 여인은 음악을 들으면서 정면을 응시하고 있다. 그리고 뒤에 있는 사람들은 우상 앞에서 '타무레'라는 전통 춤을 추고 있으며, 가장 앞에는 붉은색의 개 한 마리가 땅 냄새를 맡고 있다.

이 그림은 고갱이 본 타히티 섬의 모습을, 제목에 담긴 뜻처럼 '기쁨'으로 가득 채워 놓은 것이다. 동물들과 사람들, 그리고 자연이 한데 어우러져 있는 모습이 인상 깊다.

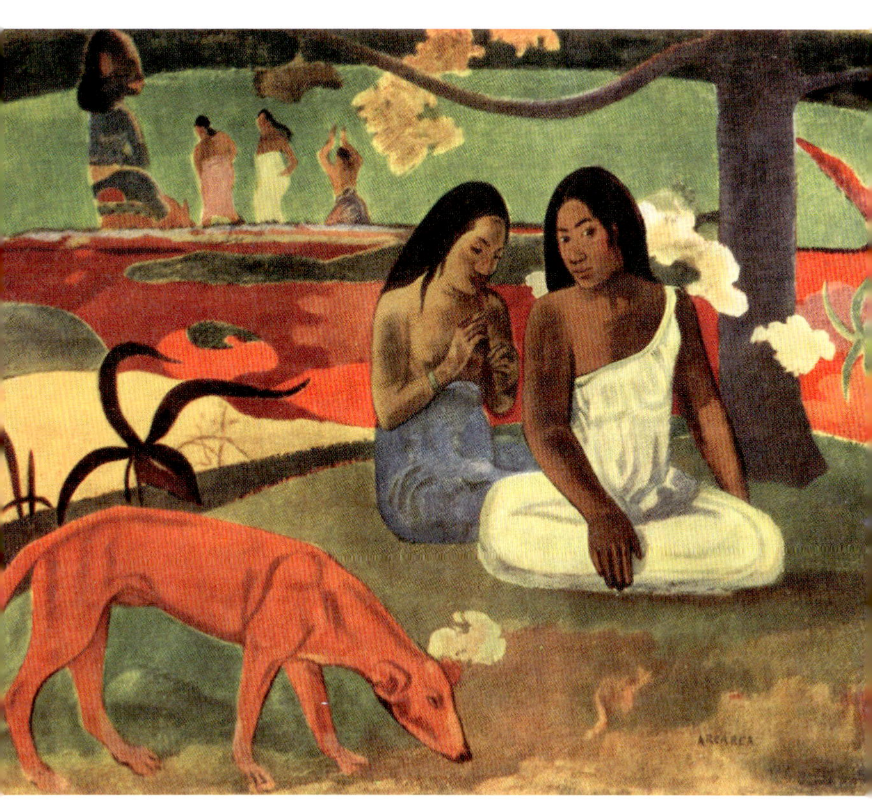

Arearea, Paul Gauguin, 1892년, 캔버스에 유채, 73×94cm, Room 70

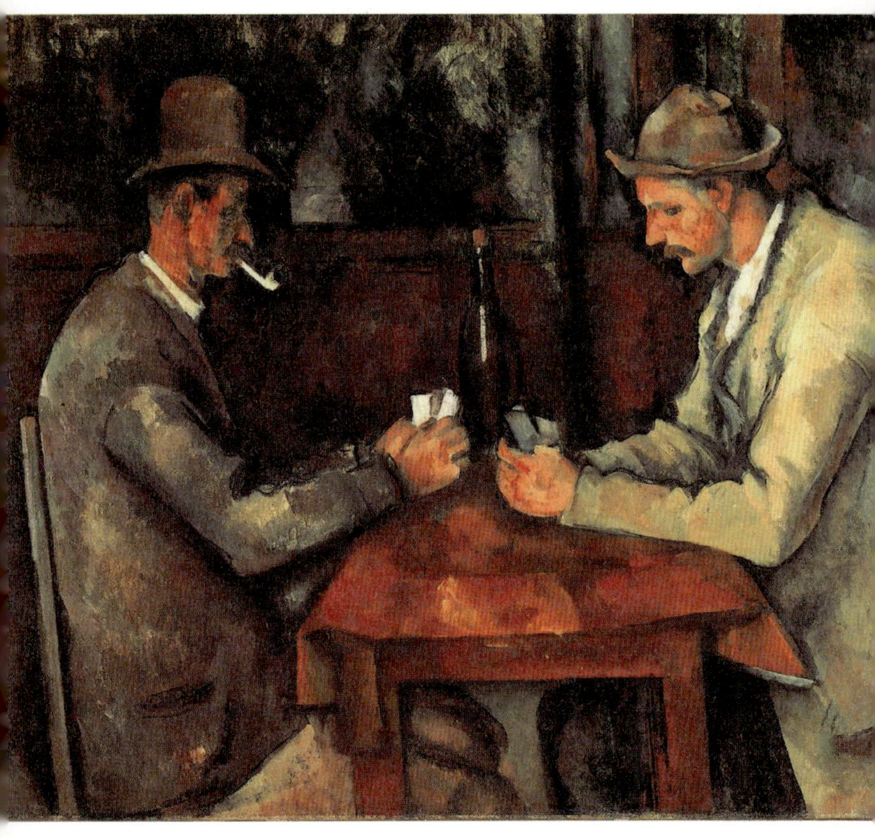

Les Joueurs de cartes, Paul Cézanne, 1890～1895년, 캔버스에 유채, 47.5×57cm, Room 36

카드놀이 하는 사람들

프랑스 남부의 엑상 프로방스 출신인 폴 세잔은, 근대 회화의 아버지라는 별명답게 추상화적인 형태와 고전주의 회화를 적절히 연결하는 연결점에 있던 화가로, 후에 피카소와 브라크 등의 입체파 화가들에게 영향을 주었다.

그의 그림 중 〈카드놀이 하는 사람들〉은 르 냉 형제가 그린 〈카드놀이 하는 사람들〉이라는 작품에서 영감을 받아 그린 작품이다. 세잔은 '카드놀이 하는 사람들'의 주제로 다섯 점의 작품을 완성하였는데, 이 작품은 가장 마지막에 그려진 것으로, 다른 작품들에 비해 비교적 간결하게 그려져 있다.

그림에서 두 사람은 카드놀이를 하고 있는 모습이지만, 카드를 손에 쥐고 무언가 생각하고 있는 듯하다. 대칭 구도로 그려져 있어 안정적이며 편안하게 보인다.

사과와 오렌지

후기 인상주의 작가 폴 세잔을 대표하는 것으로는 '사과'를 빼놓을 수 없다. 그는 어린 시절 동급생에게 괴롭힘을 당하는 에밀 졸라를 도와줬고, 그 답례로 사과 바구니를 받으면서 사과와의 인연이 시작되었다.

세잔은 자신만의 방식으로 재창조된 다양한 사물들을 캔버스 안에서 다양한 시점으로 대상을 구상해 넣었는데, 전통적인 원근법을 무시하고, 각기 다른 각도에서 묘사한 사물들을 하나의 캔버스에 담았다. 이러한 세잔의 시도는 후에 피카소를 비롯한 입체주의의 원조가 되어 현대 미술에 상당한 영향을 끼쳤다.

이 작품에서 각각의 사과들은 다양한 시점에서 묘사되었다. 또한 사과 밑에 깔려 있는 흰색 식탁보는 과일을 더욱 돋보이게 해 준다. 이 그림의 빛과 정물을 자세히 들여다보면 일정하지 않은 선과 명암, 뒤틀린 형태로 뒤죽박죽 되어 있다는 것을 알 수 있다. 그렇지만, 이러한 뒤죽박죽의 상태가 오히려 자연스럽게 구성되어서, 모자이크 조각들이 꽉 채워져 있는 것 같은 묘한 균형감을 느끼게 한다.

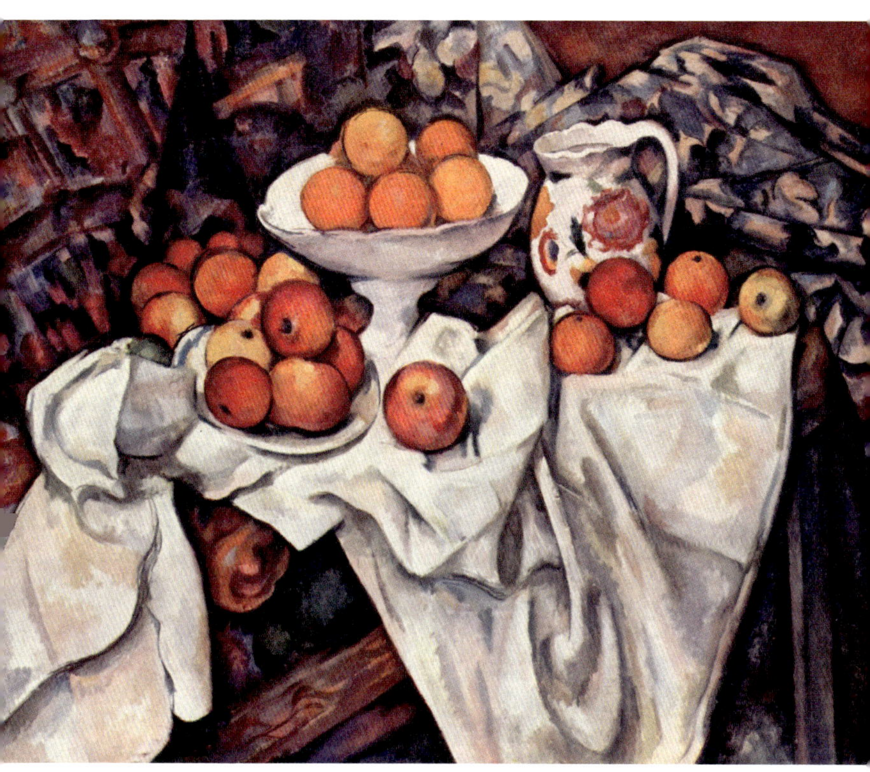

Paul Cézanne, Pommes et oranges, 1895〜1900, 캔버스에 유채, 74×93cm, Room 36

지옥의 문

이 작품은 프랑스 정부의 장식 미술 박물관 건축에 있어 박물관에 기념적인 문을 제작하기로 한 계획에 의해 의뢰 받은 것으로, 로댕은 죽을 때까지 무려 20년 동안이나 이 작품을 제작하기 위해 애를 썼다. 로댕의 작품 중에서 가장 오랜 시간 정성을 쏟을 정도로 중요하고 대표적인 작품이지만, 결국 미완성으로 남았다.

〈지옥의 문〉은 건축물과 같은 형태로 만들어졌고, 고딕 양식과 르네상스 양식 등의 장식으로 꾸며져 있다. 문은 양쪽 2개의 패널로 구성되어 있는데, 단테의 《신곡》의 〈지옥편〉을 주제로 삼아 제작되었다. 그래서 이 문 속에 등장하는 많은 인물들은 고통에 몸부림치는 모습부터 200여 명의 다양한 인간의 모습들이 한데 얽혀 있다.

자세히 들어다보면, 〈지옥의 문〉에는 인물상 하나하나 그 자체가 결작으로 인정되는 조각들이 가득하다. 〈생각하는 사람〉, 〈세 망령〉, 〈우골리노〉, 〈아담〉, 〈이브〉 등 많은 조각상들이 이미 우리에게 익숙한 조각상들이다.

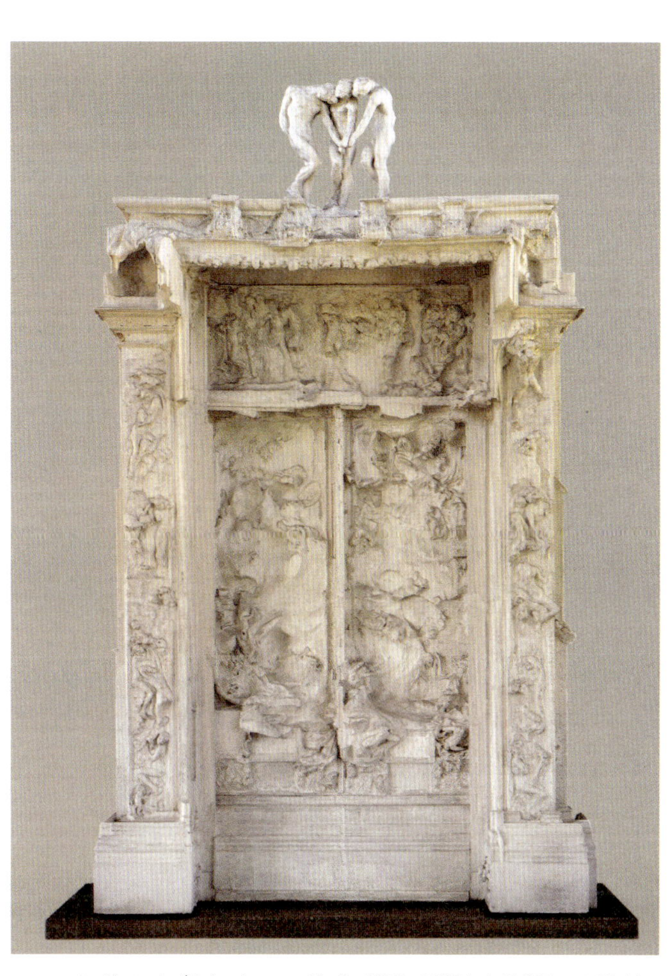

La Porte de l'Enfer, Auguste Rodin, 1880~1917년 , 높이 775cm, 조각, 석고,
2층 Terrasse Rodin

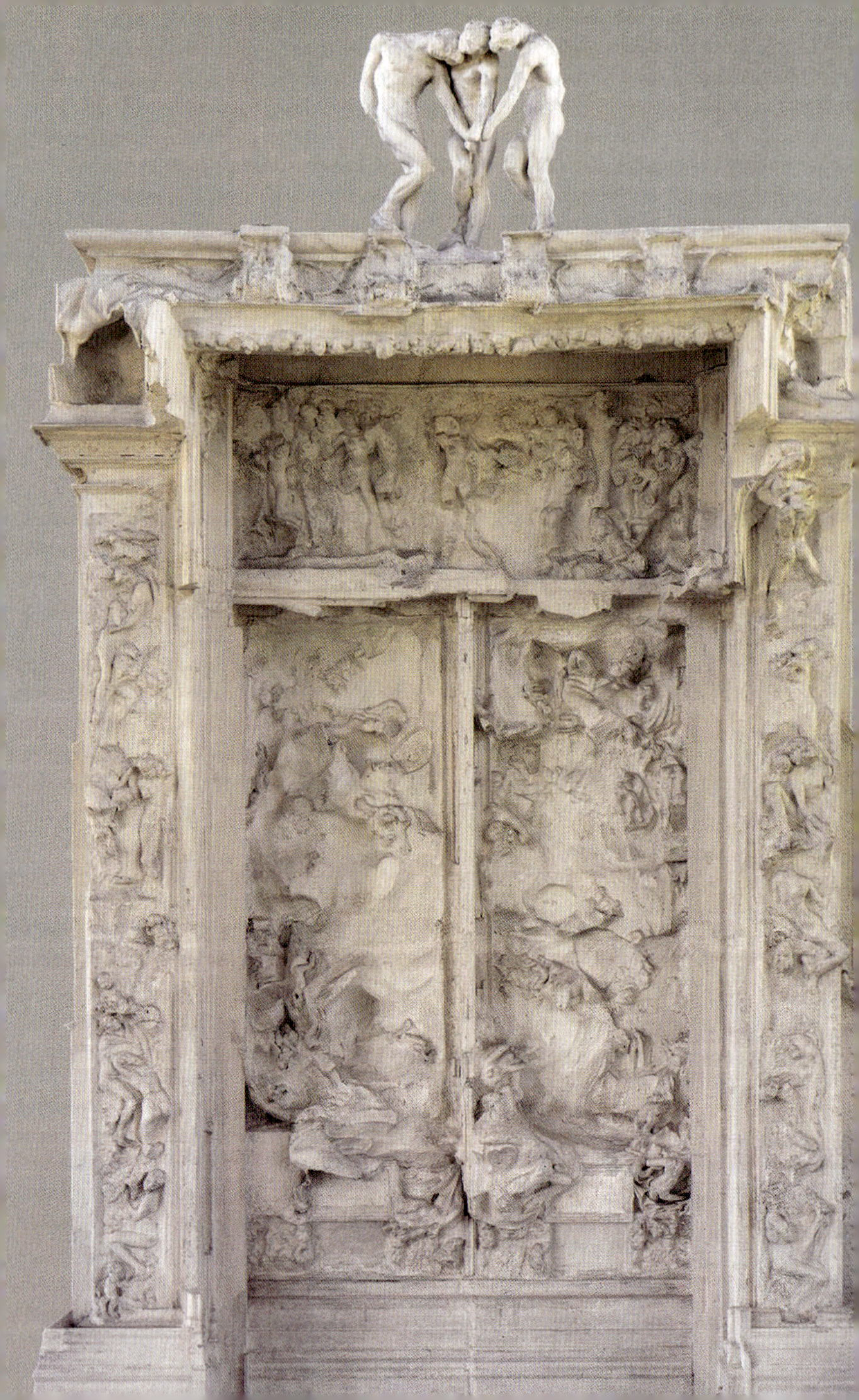

<지옥의 문>은 결국 장식 미술 박물관에 세워지지 못했다. 장식 미술 박물관이 세워지려던 부지에 오르세 미술관이 들어섰고, 장식 미술 박물관은 루브르 박물관 쪽으로 자리를 옮기게 되었기 때문이다.

결국 이 문은 오르세 미술관 내의 관람실에 자리를 잡게 된다. 더불어 사후에 제작된 청동 작품은 현재 파리의 로댕 미술관 정원에 자리 잡고 있다.

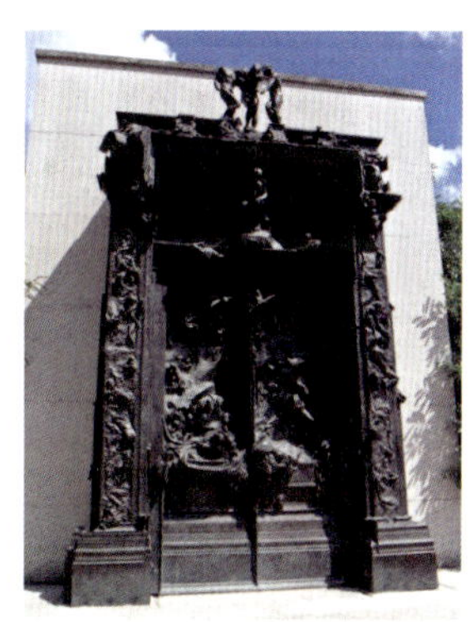

로댕 미술관 정원에 있는 <지옥의 문>

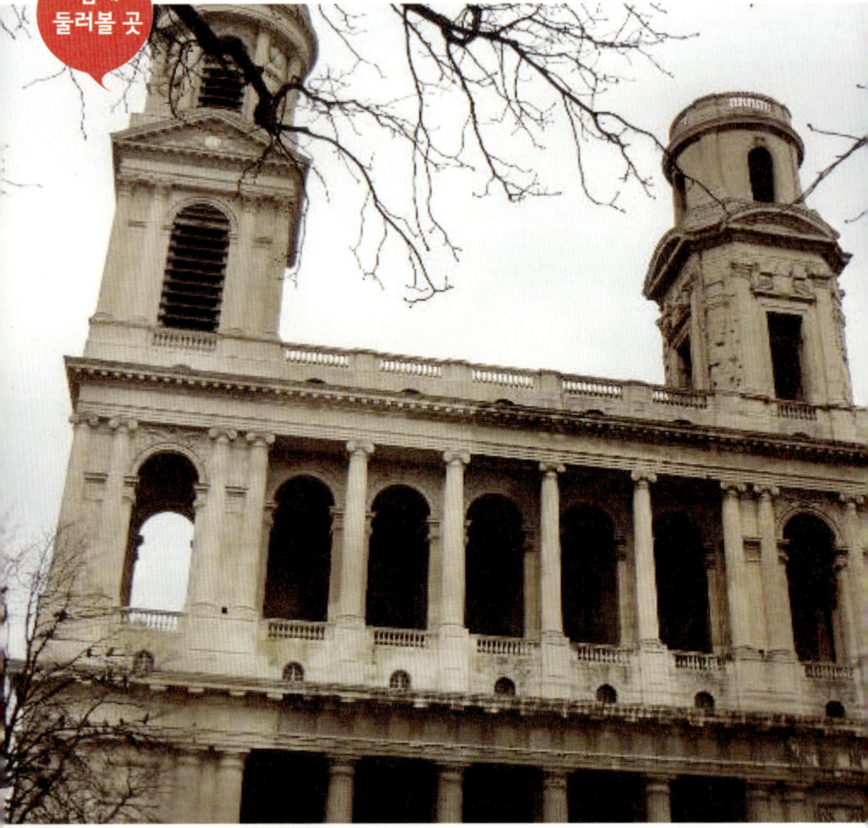

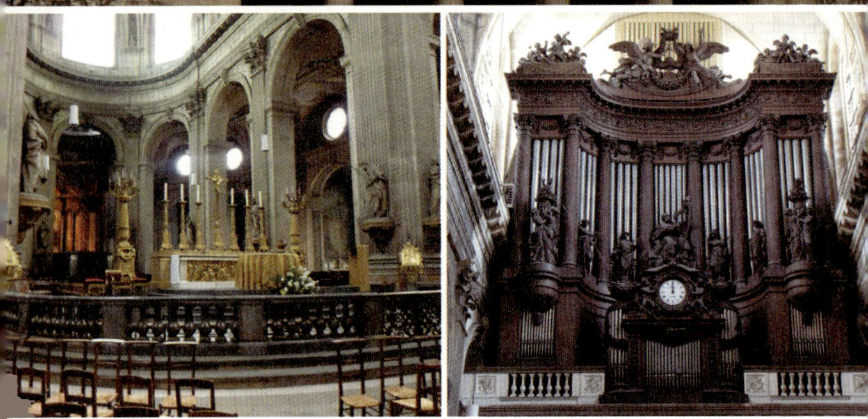

생 쉴피스 성당 Saint Sulpice

노트르담, 사크레쾨르 성당과 더불어 파리의 3대 성당이다. 고딕 양식의 생 쉴피스 성당은 예수회 성당 중에서 파리에서 가장 큰 성당 중 하나이다. 특히 이 성당은 세계에서 가장 큰 파이프 오르간이 있는 것으로도 유명하다.

성당 안으로 들어가 오른쪽 첫 번째 소성당 안으로 가면 유명한 벽화 두 점을 볼 수 있는데 왼쪽 벽에 있는 것이 들라크루아의 〈천사와 싸우는 야곱〉이다. 하느님이 야곱을 시험하기 위해, 천사를 사탄의 입장에 세워서 야곱과 밤새 겨루게 했는데 날이 새도록 싸움이 끝나지 않자 결국 천사가 한 발 물러서며, 야곱을 이스라엘이라 부르면서 축복을 내렸다는 내용이다.

맞은편에는 〈사원으로부터 쫓겨난 헬리오도루스〉 작품이 있다.

주소 Place Saint Sulpice 75006
교통 메트로 4호선 Saint Sulpice역
시간 7시 30분~19시 30분
홈페이지 www.paroisse-saintsulpice-paris.org

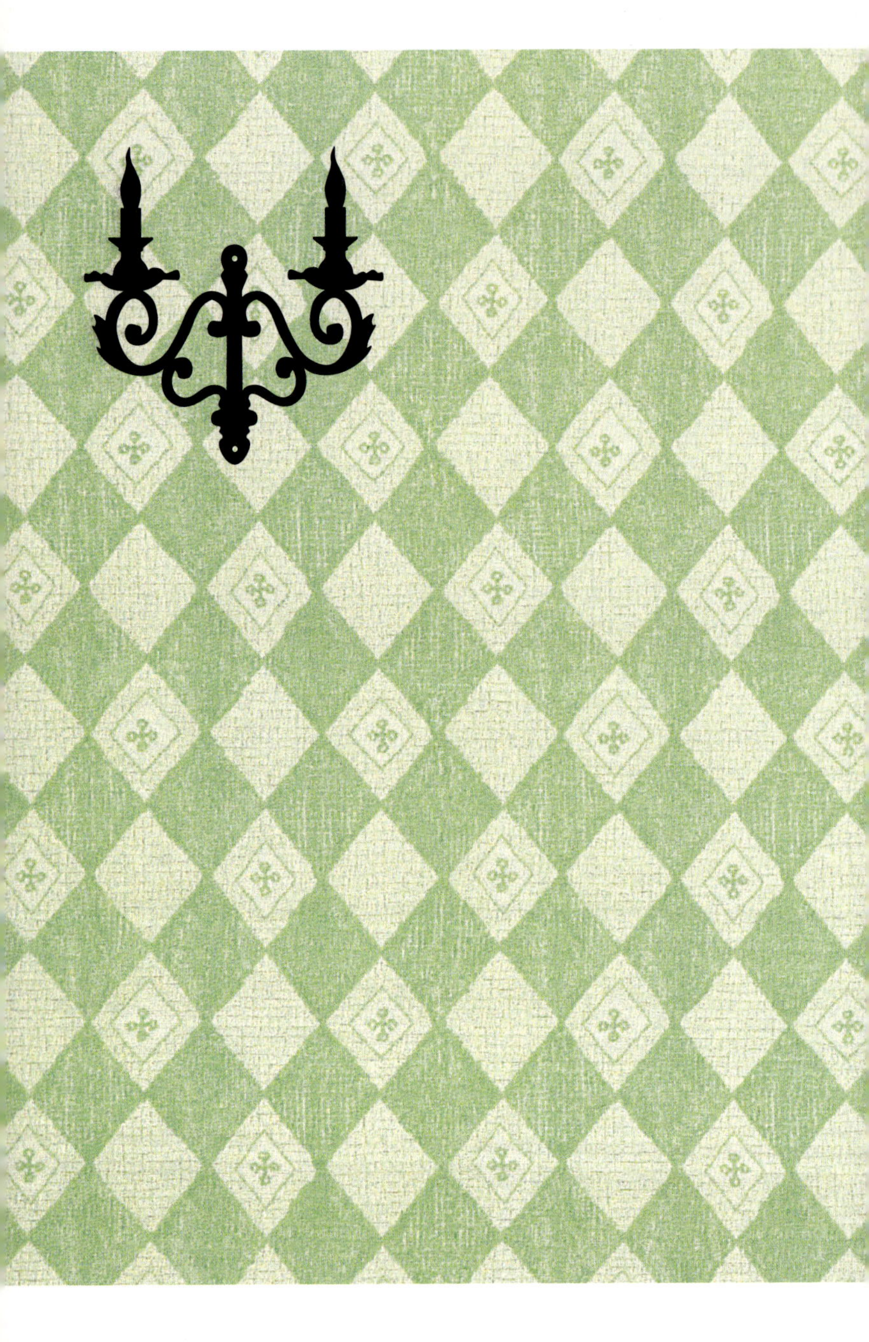

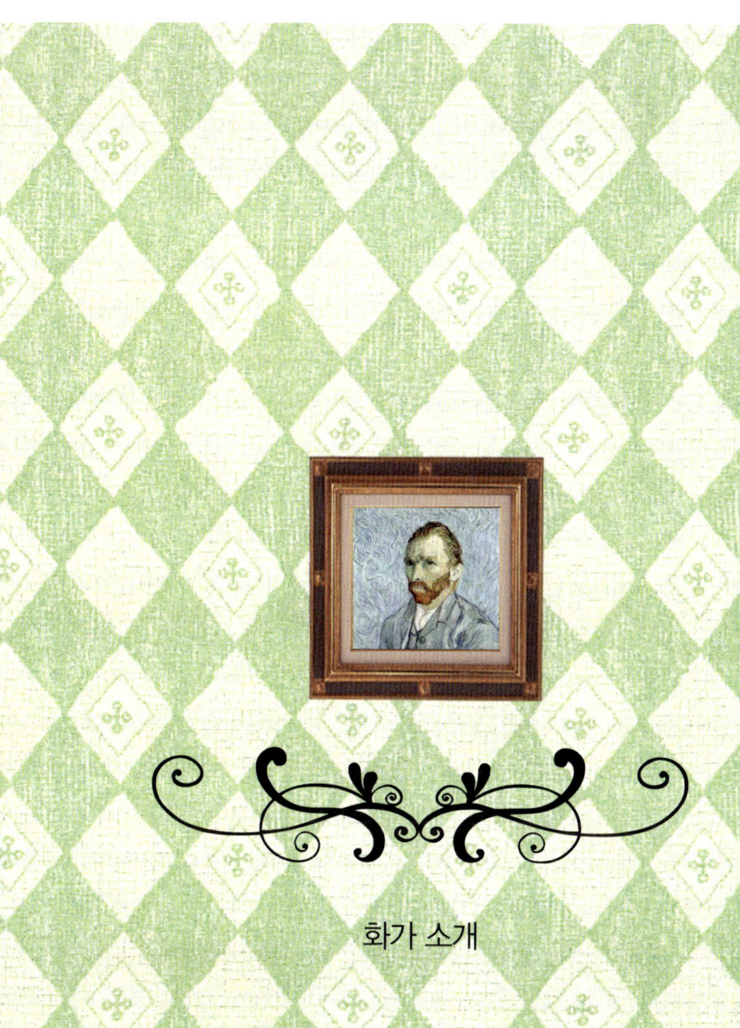

화가 소개

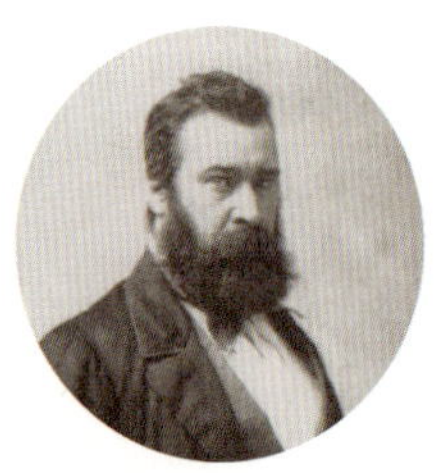

장 프랑수아 밀레

Jean Francois Millet, 1814~1875

밀레는 바르비종파의 대표적인 인물로, 농부들의 삶을 주로 그렸던 사실주의 화가이다. 밀레는 1814년 노르망디의 코탕탕 반도 끝에 있는 조그만 마을 그뤼시의 농가에서 태어났다. 어릴 때는 집안이 부농이라 비교적 좋은 교육을 받았다. 1833년 그의 재능을 인정한 아버지가 그를 셰르부르로 보내, 그곳에서 초상 화가 폴 뒤 무셸에게서 그림을 배우게 했다. 1835년 밀레는 그로의 제자였던 뤼시앵테오필 랑글루아에게서 정식으로 그림 수업을 받게 되었다. 하지만 20세를 넘어서면서 아버지가 사망한 후 가난한 생활이 시작되었다.

1837년 23세 때 장학금으로 파리에 나가 에콜 데 보자르에서 미술 공부를 하면서 들라로슈의 제자가 되었다. 이때 루브르 미술관에서 푸생, 르냉, 샤르댕, 도미에의 작품에서 영향을 받았다.

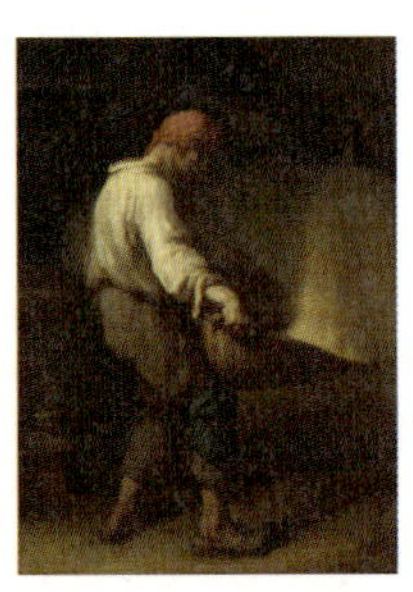

1840년 그의 첫 작품이었던 초상화가

파리 살롱에 전시되고, 밀레는 셰르부르로 돌아가 초상 화가로 개업했다. 그리고 1841년 폴린 비르지니 오노와 결혼하였는데, 여전히 생활이 어려워 다시 파리로 나와 인물화나 누드화 등을 그리며 생활을 이어 갔다.

그러던 중 1843년 파리 살롱에서 작품 전시를 거절 당하고, 아내 폴리 또한 폐병으로 죽자, 실의에 빠져 다시 고향으로 돌아갔다가, 1845년 카트린 르메르와 함께 르아브르로 이사했다.

1848년 살롱에 출품한 〈키질하는 사람(런던 내셔널 갤러리)〉을 통해 농민 화가라는 별명이 붙었고, 그것이 농민 생활을 그리는 최초의 계기가 되었다. 1849년 바르비종에 정착한 밀레는 이곳에서 루소나 코로 등과 사귀게 되고, 바르비종파의 대표적인 화가가 된다. 하지만 밀레는 다른 바르비종파와 달리 풍경화보다는 농민들의 생활을 더 많이 그렸다.

1857년 밀레는 자신의 작품 중 가장 유명한 걸작인 〈이삭 줍는 여인들〉을 그렸다. 이 작품은 밀레 특유의 서사적 자연주의의 특징을 가장 잘 보여 주고 있다.

❶ 이삭 줍는 여인들

Les glaneuses, 1857년, 캔버스에 유채, 83.6×111cm,
파리 오르세 미술관

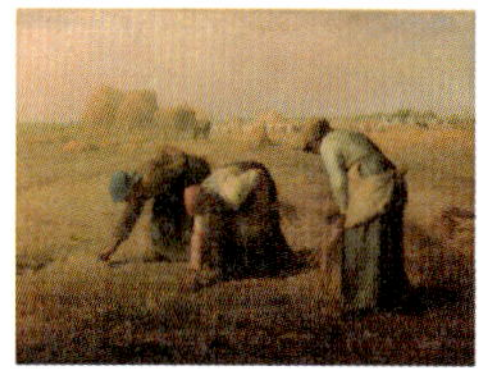

이 작품은 농민들의 가난함과 그들의 고단한 노동을 표현하고 있다. 세 여인이 이삭을 줍는 모습이 무척이나 힘에 겨워 보인다. 이 그림에 등장하는 여인들은 고용된 농부들이 아니라, 추수가 끝난 들판에 떨어진 이삭을 줍는 빈민들이다. 당시 프랑스에서 농촌의 빈민들에게 부농들이 베풀어 주는 것이 바로 이삭 줍기였다.

밀레는 여자들이 이삭 줍는 곳을 어둡게 표현해서, 그들의 고단함과 사회적 어둠을 강조했다. 반면, 추수가 끝난 들판은 환하게 표현해서 부유한 사람들의 모습을 대변하고 있다. 이 그림은 당시 농촌의 현실을 적나라하게 드러낸 민중 회화라고 할 수 있다.

❷ 만종

L'Angélus, 1857~1859년, 캔버스에 유채,
55.5×66cm, 파리 오르세 미술관

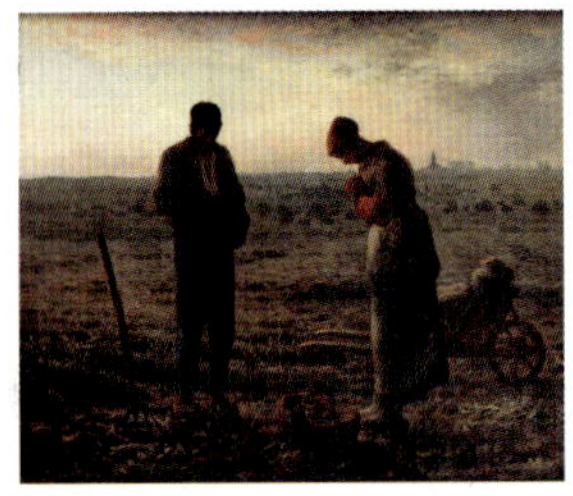

밭에서 하루 일을 마치고 교회의 종소리에 맞춰 부부가 삼종기도를 드리는 모습을 묘사했다. 밀레는 어릴 적 할머니가 일하다가도 종소리가 들리면, 일을 멈추고 기도를 했던 모습을 떠올리면서 이 그림을 그렸다고 한다. 그림에서 부부는 감자를 캐고 있었던 것처럼 감자 바구니와 농기구들이 놓여 있다. 저녁의 따사로운 풍경이 고된 노동 후에 기도를 드리는 부부의 모습과 어우러져 평화롭게 느껴진다.

1867년 파리 만국 박람회에서 열린 밀레 회고전은 대성황을 이루고, 1868년 프랑스 최고 훈장인 레지옹 도뇌르 훈장을 받은 것에 힘입어, 밀레는 생전에 얼마간의 성공과 명성을 얻는다. 또한 1870년 파리 살롱의 심사위원으로 선정되기도 하였다.

이후, 프로이센–프랑스 전쟁을 피해 가족들과 함께 셰르부르와 그레빌로 이사를 가게 되며, 1871년까지 그곳에서 지냈다.

1874년 밀레는 파리 팡테옹을 장식할 벽화를 주문 받았지만, 건강이 악화되어 정부에서 의뢰했던 작업을 더 이상 진행할 수가 없었다. 병에 시달리던 밀레는 1875년 1월 3일 함께 살았던 아내와 정식으로 결혼식을 올렸고, 1월 20일, 빈곤했을 때 얻은 결핵이 원인이 되어 61세로 숨을 거두었다. 그의 시신은 바르비종의 묘지에 묻혔다.

❸ 바르비종

Barbizon, 프랑스 파리 근교

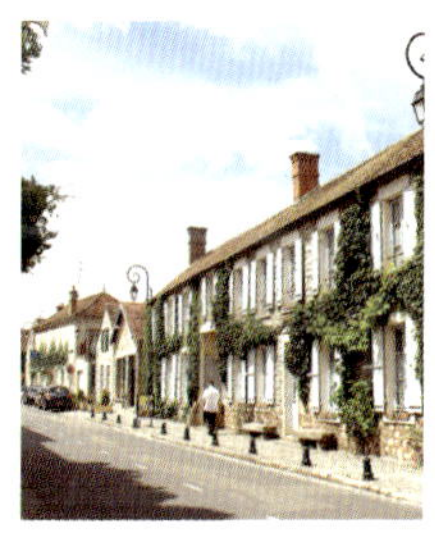

19세기 초 자연주의를 표방하던 밀레, 루소, 코로 등이 이 마을에 모여들어 대자연과 농민의 삶을 주제로 그림을 그렸다. 그리고 이들을 바르비종파라고 부르는데, 가장 대표적인 인물이 밀레였다. 바르비종은 작은 마을로, 마을 중앙에 약 400m의 큰길을 중심으로 양옆으로 카페와 집들이 들어서 있다.

교통 퐁텐블로에서 일주일에 두 번(수, 토) 하루에 한 대 있는 버스를 이용해서 갈 수 있다.

Maison et Atelier de Jean-François Millet

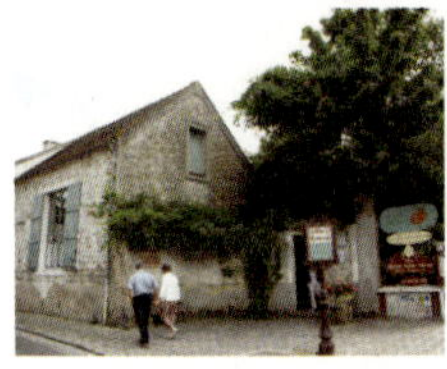

밀레가 1849년부터 거주했던 집으로, 바르비종에 정착해 이곳에서 그림을 그렸다. 지금은 일반인에게 개방되어 있으며, 세 개의 방에 밀레 작품의 복사품을 전시해 두었다.

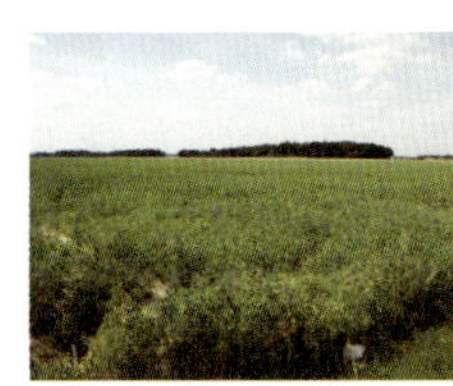

바르비종 마을 끝에는 밀레가 농민들의 모습을 주로 그렸던 밀밭이 남아 있다.

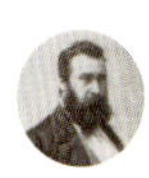

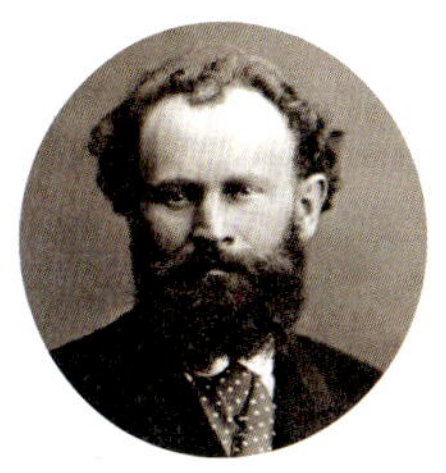

에두아르 마네

Edouard Manet, 1832~1883

인상주의의 아버지라고 불리는 마네는 프랑스 화가로, 사실주
의에서 인상파로 전환되는 데 중추적 역할을 했던 인물이다.
마네는 1832년 파리에서 법관의 아들로 유복한 가정에서 태어
났다. 마네의 아버지는 마네가 법조계에 종사하기를 바랐고, 마
네의 화가 지망을 허락하지 않았다. 하지만 마네의 삼촌인 샤를
푸니에르가 그에게 미술계에 종사하도록 독려해, 1845년 삼촌
의 조언에 따라 미술 교육을 받게 된다.
하지만 1848년 마네는 아버지의 제안으로 남아메리카 리우데
자네이루로 항해하는 항로의 선원 견습생이 된다. 그리고 해군
에 지원했다가 두 번이나 시험에서 떨어진다. 그러자 실패를 거
듭한 아들을 딱하게 여긴 아버지는 그가 예술 교육을 받도록
허락하게 된다.
1850년 마네는 아카데미적인 역사 화가 쿠튀르의 아틀리에에
들어갈 수 있었다. 마네는 그곳에서 1856년까지 그림 공부를
했다.

마네는 1853~1856년 3년 동안 벨기에, 네덜란드, 독일 등을 여행하기도 했는데, 여행을 하면서 프랑스 할스와 벨라스케스, 고야 등의 영향을 받았다. 그리고 1856년 전속 화랑을 연다.

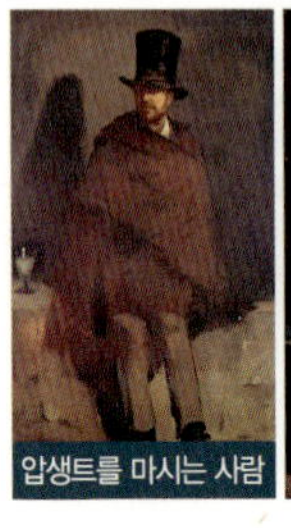

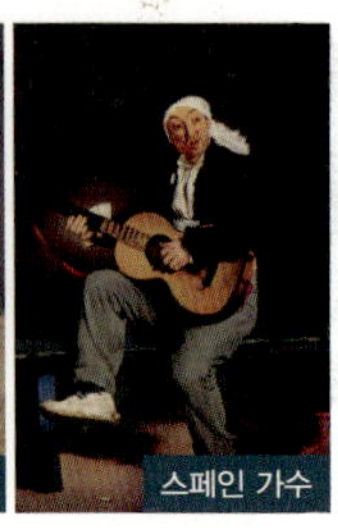

1859년 〈압생트를 마시는 사람(코펜하겐 칼스버그 미술관)〉을 통해 살롱에 처음 작품을 출품하면서 데뷔를 했다. 하지만 이 작품은 첫 번째 낙선작이기도 하다. 그러다 1861년 〈스페인 가수(뉴욕 메트로폴리탄 미술관)〉로 살롱에 처음 입선했다. 하지만 1863년 제출했던 〈풀밭 위의 점심 식사〉는 낙선하였는데, 이 해에 살롱 심사에서 4천여 점이라는 엄청난 숫자의 작품이 낙선하면서 항의가 빗발치자, 나폴레옹 3세는 떨어진 작품들을 따로 모아 낙선전을 열게 했다. 그렇게 열린 낙선전에서 〈풀밭 위의 점심 식사〉는 화제의 중심이 되었다.

❶ 풀밭 위의 점심 식사

Le déjeuner sur l`herbe,
1863년, 캔버스에 유채,
208×264.5cm,
파리 오르세 미술관

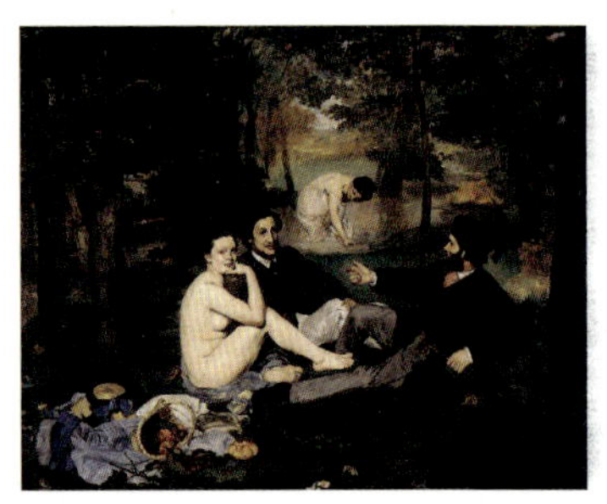

이 그림은 당시 사람들에게 분노를 일으켰던 작품 중 하나이다. 이 그림에는 두 명의 여인과 두 명의 신사가 등장해한적한 숲 속에서 피크닉을 즐기고 있다. 남자들은 깔끔한옷차림을 한 것에 반해, 여자들은 나체로 등장한다. 이 당시 부유한 사람들이 돈으로 매춘부를 산 뒤, 도시 외곽으로 나들이를 가기도 했는데, 마네는 이런 부유한 사람들을비판하는 그림을 그린 것이다.

이 그림에서 마네는 여자의 누드를 아름답게 미화한 것이아니라 현실 속의 여인으로 묘사했다. 게다가 여인은 벌거벗고 있음에도 부끄러워하기는커녕 오히려 관람자를 쳐다보고 있는 것처럼 보인다. 또한 눈이 부실 정도로 밝게 표현된 여자의 나체는 검은 복장의 남자들과 대비되어 더욱시선을 사로잡는다.

1865년 살롱에 발표한 〈올랭피아〉 역시 화제의 중심이 되어 엄청난 비난을 받았지만, 반면 이 작품은 수많은 화가들에게 영감을주기도 했다.

마네는 1865년 마드리드를 방문하게 되는데 그 이후 더욱 벨라스케스의 영향을 받아 1866년 살롱의 낙선작 〈피리 부는 소년〉에서는 주로 검은색의 색상을 사용하였다.

❷ 올랭피아

Olympia, 1863년, 캔버스에 유채,
130.5×190cm, 파리 오르세 미술관

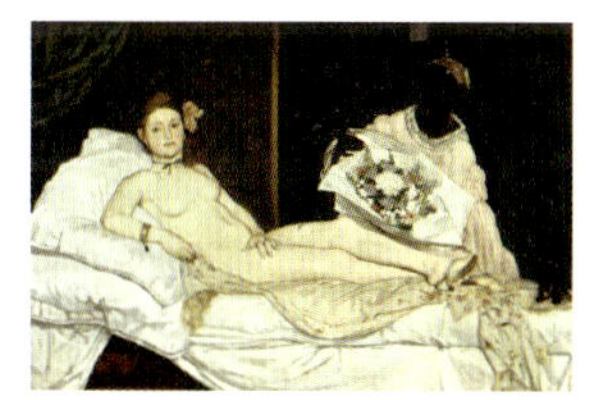

〈풀밭 위의 점심 식사〉와 더불어 엄청난 비난
을 받았던 작품이 바로 〈올랭피아〉이다. 하지
만 지금은 마네의 수많은 작품들 중에서도 걸
작으로 손꼽히고 있어, 19세기와 현재 미술의
평가가 얼마나 대조적인지를 알 수 있는 작품
이기도 하다.

이 그림의 모델은 빅토린 뫼랑으로 일반적인
누드화에 등장했던 여신이나 요정이 아닌 매
춘부였다. 그녀가 매춘부였다는 것은 목과 팔
에 묶인 리본을 통해 알 수 있다. 하지만 그녀
에게는 오히려 당당함이 느껴진다. 그녀의 옆
에는 흑인 하녀가 그녀에게 꽃을 전해 주고
있다. 아마도 그녀의 고객이 보내온 꽃일 것
이다.

또한 발 밑에 있는 꼬리를 바짝 세운 검은 고
양이는 남자 혹은 여자의 성기를 상징하기도
한다.

❸ 피리 부는 소년

Le fifre, 1866년, 캔버스에 유채, 161×97cm, 파리 오르세 미술관

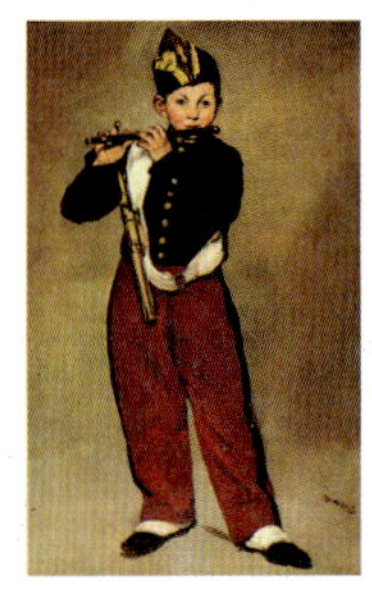

마네의 걸작 중 하나인 〈피리 부는 소년〉은
마네의 친구인 근위대 사령관 르조슨이 데려
온 근위군의 소년병이다. 하지만 〈올랭피아〉
가 엄청난 비난을 받은 후 그린 이 그림은 다
시 〈올랭피아〉의 모델이었던 빅토린 뫼랑을
그린 것이라는 설도 있다.

마네가 누구를 모델로 그렸든지, 이 그림의
모델은 간결한 배경 속에서 빨간색과 검정색

원색 계열의 옷을 입고 피리를 불고 있다. 당시 마네가 마드리드를 방문했을 때, 벨라스케스의 작품에서 영향을 받아 인물의 실루엣을 일본의 판화 형식으로 처리한 것으로, 정확하면서도 간결한 느낌이 든다. 또한 모델의 몸짓과 표정에서 소년이 부는 피리소리가 들리는 것 같은 생동감이 느껴지고, 소년에게서는 당당함이 느껴진다.

❹ 식물원에서

Dans la serre, 1879년, 캔버스에 유채, 115×150cm,
베를린 내셔널 갤러리

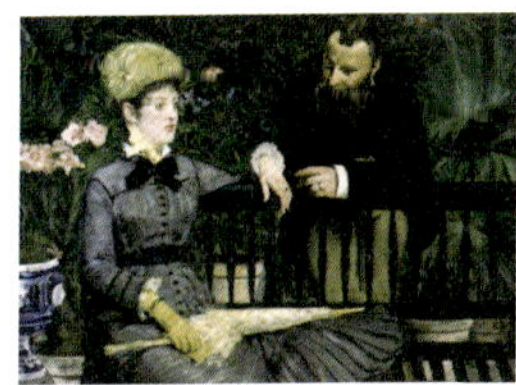

그림 속의 여인은 기유메 부인으로 당시 고급 의상실을 운영했던 여인이다. 그녀와 남편은 추운 거울철에도 따뜻한 식물원에서 정다운 모습이지만, 서로 시선을 마주치지는 않는 모습으로, 마네는 이렇게 서로 마주치지 않는 시선으로 그린 다양한 작품들을 그렸다. 이 작품은 히틀러의 애장품이었다고 한다.

마네는 만년에 레지옹 도뇌르 훈장을 받으면서 화가로서 인정을 받게 된다. 하지만 류머티즘으로 고생하여 육체적 피로도가 적은 파스텔화를 주로 그렸다.

1882년에 그린 〈폴리 베르제르의 술집〉은 그의 마지막 살롱 출품작이자 그가 집중적으로 그렸던 카페 주제 그림의 마지막 작품이기도 하다. 더불어 이 작품은 그의 작품 활동 전체를 대표하기도 한다.

❺ 폴리 베르제르의 술집

Un bar auxFolies Bergère, 1881~1882년, 캔버스에 유채,
96×130cm, 런던 코톨드 인스티튜트 갤러리

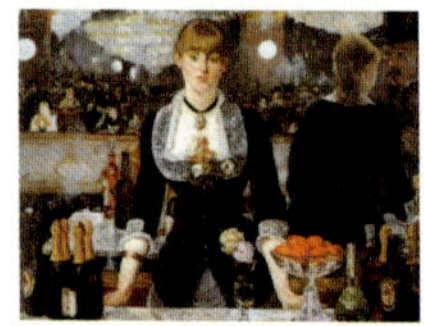

이 작품은 파리 살롱에 전시된 마네의 마지막 작품이다. 그는 이 작품을 그릴 때 이미 몸이 불편했지만, 이 작품을 통해 그의 작품 활동에 대해 모든 것을 보여 주고 있다.

폴리 베르제르는 파리의 대표적이었던 카페와 콘서트장을 합쳐 놓은 것 같은 다양한 볼거리가 있는 파리 최고의 사교의 장이자 술집이었다. 이 술집의 여자 종업원을 그린 이 그림은, 여종업원 뒤의 거울에 비친 술집의 전반적인 분위기가 눈에 들어온다. 거울 속에는 술집의 테이블에 앉아 있는 사람들이 보이고, 곡예사의 모습도 볼 수 있다. 또한 매춘부의 모습도 확인할 수 있다.

이곳에 오는 사람들은 부자들이 대부분이었다. 부자들은 이렇게 술도 마시면서, 다른 욕망까지 충족시켜 줄 수 있는 장소를 좋아했다. 그런 부자들을 상대하고 있는 여주인공의 모습은 표정이 없다. 또한 그녀의 앞에 놓인 비싸 보이는 술병과 안주를 통해 이 술집을 찾는 사람들의 수준을 엿볼 수 있다.

마네는 여주인공의 뒷부분에 있는 거울을 통해 술집 내부를 보여 주는 것 같지만, 사실은 여종업원의 뒷모습을 보여 주고 있는 듯하다.

마네는 마지막 6개월 동안 극심한 통증에 시달렸다. 그리고 결국 1883년 3월에는 왼발이 괴사하여 발을 잘라내는 수술을 받았다. 그러나 수술한 지 11일 만에 그는 51세의 나이로 생을 마감했다. 마네의 시신은 파리 파시 묘지에 묻혔다.

❻ 파시 묘지

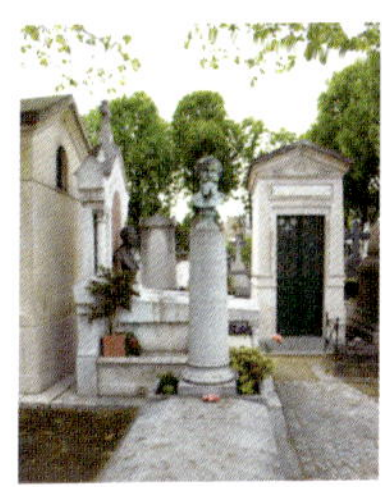

에펠탑 근처에 있는 파시 공동 묘지는 파리 도심에 님이 있는 유일한 공동묘지이다. 마네나 모리조, 드뷔시 등의 예술가들뿐 아니라 유명인들이 여럿 이곳에 묻혀 있다.

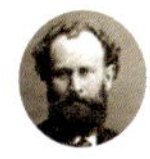

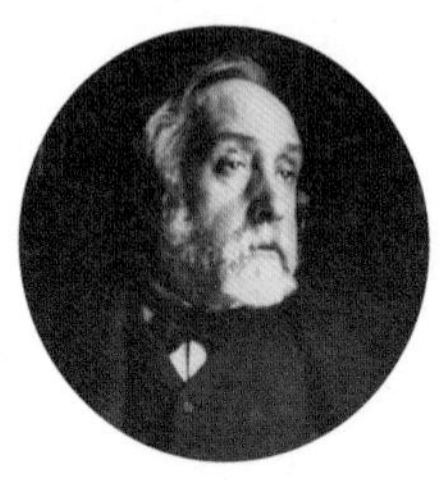

에드가 드가

Edgar De Gas, 1834~1917

발레리나의 그림을 주로 그렸던 드가는 프랑스의 인상주의 화가 중 세계에서 가장 뛰어난 데생 화가이다. 드가는 1834년 파리에서 부유한 은행가 집안의 장남으로 태어났다. 드가는 최고의 고등학교인 리세 루이 르 그랑에 다니던 중 박물관에 갔다가 그림에 관심을 갖게 되었다.

하지만 1853년 집안의 권유로 가업을 계승하기 위해 소르본의 법학부에 입학했지만 그만두고, 화가를 지망해 1855년 에꼴 데 보자르에 들어갔다. 그곳에서 라모트와 앵그르에게 그림을 배웠다.

드가는 1856년 이탈리아를 여행하면서 르네상스 작품에 심취했다. 1859년 이탈리아에서 파리로 돌아온 드가는 친구인 구스타브 모로의 영향을 받아 다섯 점의 역사화를 제작했다. 그중 한 작품이 〈바빌론을 건설하는 세미라미스(파리 오르세 미술관)〉이다.

1862년에는 루브르에서 벨라스케스의 그림을 모사하다 마네를 만난다. 그후, 에두아르 마네의 작품에 이끌려 근대 생활을 대상으로 하는 작품을 제작하게 된다. 그리고 1860년대 말 마네를 통해 알게 된 모네, 르누아르, 모리소 등과 정기적으로 만남을 갖는다.

하지만 1870년대 중반 부친이 사망하고, 동생이 사업에 실패해 경제적 어려움을 겪었다. 1872년에는 외가쪽 친척들과 그의 두 동생이 목화 사업을 하고 있는 뉴올리언스에 가서 6개월가량 머물렀다. 이때 그린 〈뉴올리언스의 목화 공장(포 미술관)〉은 목화 거래소를 운영하던 외삼촌과 그의 친척들을 방문했을 때 그린 그림이다.

다시 파리로 돌아와 1874년부터 1886년까지 인상파전에 7회나 작품을 출품한다. 드가는 특히 〈발레 수업〉이나 〈스타(파리 오르세 미술관)〉와 같이 발레리나에 대한 그림을 많이 그렸다.

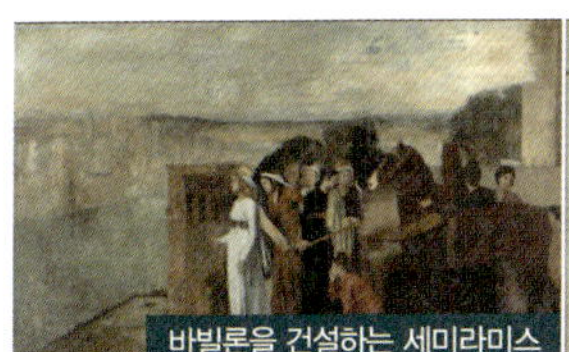
바빌론을 건설하는 세미라미스

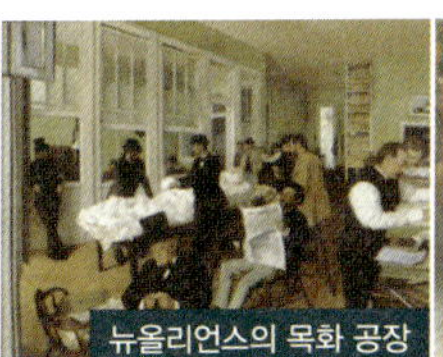
뉴올리언스의 목화 공장

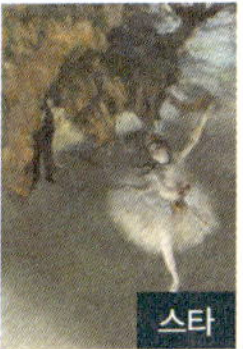
스타

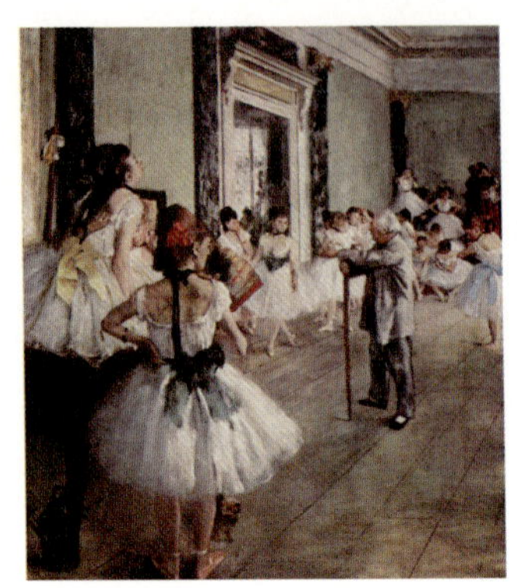

❶ 발레 수업

La Classe de danse, 1873~1876년, 캔버스에 유채, 85×75cm,
파리 오르세 미술관

프랑스를 대표하는 화가 중 한 명인 에드가 드가는 풍경화
보다는 근대 생활에서 모티브를 찾아 발레 학교를 주제로
그림을 그리거나, 세탁소나 경마 등의 주제로 그림을 그렸
다. 특히 발레 학교에 관해서는 여러 번 그림으로 표현했을
정도로 드가가 가장 선호했던 주제 중 하나이다. 드가는 특
히 발레리나의 몸짓을 정확하면서도 아름답게 묘사했다.
그의 발레 시리즈 중에서 가장 유명한 이 작품은, 당시 유
명한 발레 선생님인 '쥘 페로'의 수업 중 한 장면을 그린
것이다. 그래서 그런지 이 그림에서 주인공은 발레리나들
이 아니라 선생님이다. 드가는 선생님이 들고 있는 지팡이
가 닿아 있는 마룻바닥이 소실점이 되어서, 관람객의 시선
이 왼쪽의 발레리나로부터 반대쪽의 발레리나에까지 이동
되도록 공간 구성을 보여 주고 있다. 그리고 수업의 한 장
면을 마치 우연히 찍은 사진처럼 순간의 한 장면으로 묘사
하고 있다. 또한 풍부한 화면 구성을 위해 분무기나 강아
지 등을 배치하는 등 세부 묘사 또한 뛰어나다.

1870년대 후반부터 에드가 드가는 파리 아방가르드의 핵심 인물로 부각되면서, 더불어 명성과 부를 얻게 된다. 하지만 1890년대 사진기가 발명되면서, 그림은 이제 사실 그대로 그릴 필요가 없다고 생각했다. 또한 1870년대부터 나빠지기 시작했던 시력이 극도로 떨어지면서 조각을 시작하게 된다.

1901년경에는 눈이 거의 보이지 않게 되었고, 1912년부터는 전혀 공적인 활동을 하지 못했다. 또한 청력도 일부 잃었는데 덕분에 1914년 파리 바깥에서 퍼붓던 독일군의 총성을 듣지 못했다고 한다.

드가는 1917년 83세의 나이로 파리에서 생을 마감했다. 드가의 무덤은 파리 몽마르트르 묘지에 있다.

❷ 몽마르트르 묘지

Cimetière de Montmartre. 프랑스 파리

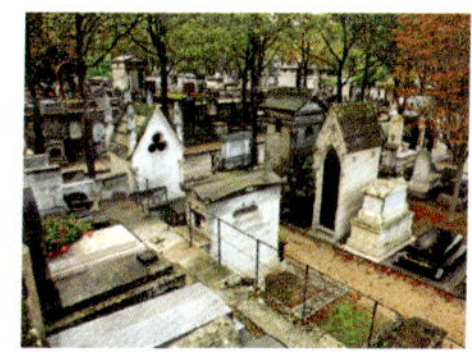

프랑스 파리 18구에 자리하고 있는 묘지로 파리의 3대 공동묘지 중 하나이다. 에밀 졸라, 에드가 드가, 스탕달과 같은 유명 인사들의 무덤이 있는 곳으로 유명하다. 무덤들은 독특한 조각과 동상으로 개성 있게 꾸며져 있다.

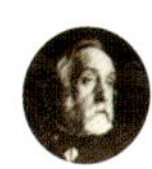

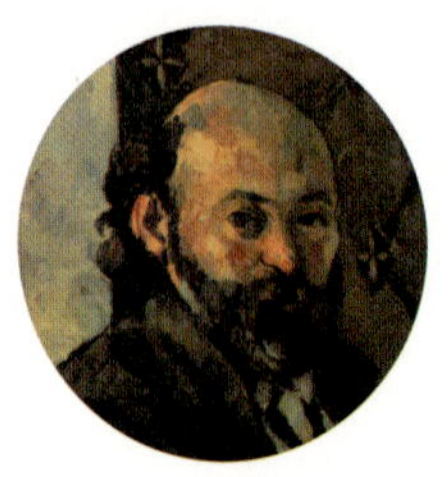

폴 세잔

Paul Cézanne, 1839~1906

사과 하나로 현대 미술의 창시자가 된 세잔은 후기 인상파를 대표하는 프랑스 화가이다. 세잔은 1839년 프랑스 남부의 엑상 프로방스에서 부유한 은행가인 루이 오귀스트 세잔과 엘리자베드 오베르 사이에서 태어났다.

1852년 부르봉 학교를 다니면서 세잔은 에밀 졸라를 만나게 된다. 졸라가 학교에서 친구와 싸울 때 세잔이 도와준 것을 계기로 친해졌으며, 졸라는 고마움의 표시로 세잔에게 사과를 하나 주는데, 세잔과 사과의 인연은 이때부터 시작되었다.

졸라는 집안 사정으로 파리로 이사를 갔고, 친구가 없는 빈자리를 채우기 위해 세잔은 시를 쓰고 그림을 그리며 허전함을 달랬다. 1859년 아버지의 권유로 엑상 프로방스의 법과대학에 입학하였으나 학과가 마음에 들지 않아 1861년 그만두게 된다.

그는 그림을 그리고 싶었지만, 아버지의 반대가 심했다. 하지만 22세 때, 어릴 때부터 친구인 에밀 졸라의 권유로 아버지의 반

대를 무릅쓰고 파리로 나와, 파리의 아카데미 스위스에서 미술 공부를 시작한다. 이곳에서 카미유 피사로나 아르망 기요맹 등과 만난 후 인상파 화가들과 인연을 맺는 계기가 되었다. 하지만 그곳에서 6개월 이상을 견디지 못하고 다시 엑상 프로방스로 돌아간다. 1862년 세잔은 다시 파리로 갔다. 이 당시 도미에나 들라크루아의 영향을 받았던 초기작은 대체로 어둡고 극적이며 거칠었다. 〈납치(케인스 컬렉션)〉, 〈살인자(리버풀 워커 미술관)〉 등을 보면, 그의 초기 스타일을 짐작할 수 있다.

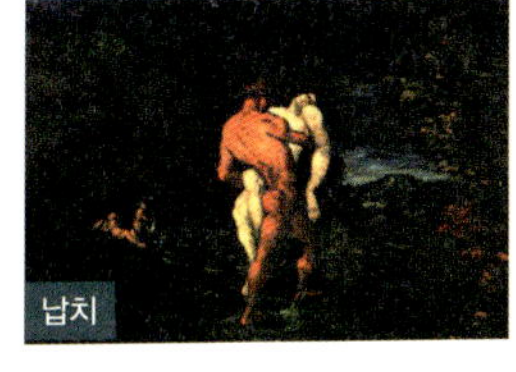

납치

1863년 파리 살롱에 처음 작품을 출품했지만 낙선했다. 하지만 이 시기 낙선한 화가들을 중심으로 '낙선전'이 열렸는데 이곳에서 모네, 드가, 르누아르 등과 사귀게 된다. 1870년 7월 프로이센 - 프랑스 전쟁이 발발하자, 세잔은 연인이었던 마리 - 오르탕스 피케와 함께 마르세유 근처의 어촌 마을 에스타크로 떠났다. 1871년 전쟁이 끝나고 파리로 돌아온 세잔과 그의 연인은 1872년 아들 폴을 출산한다. 하지만 세잔은 아버지에게 마리와 폴의 존재를 비밀로 했다.

아들 폴의 초상을 그린 그림으로, 오랑주리 미술관에 〈화가의 아들의 초상〉이 있다. 오랑주리 미술관에서는 세잔의 부인 마리의 초상화를 그린 〈세잔 부인의 초상〉도 만나볼 수 있다.

❶ 화가의 아들의 초상

Portrait du fils de l'artiste, 1881~1882년, 캔버스에 유채,
35×38cm, 파리 오랑주리 미술관

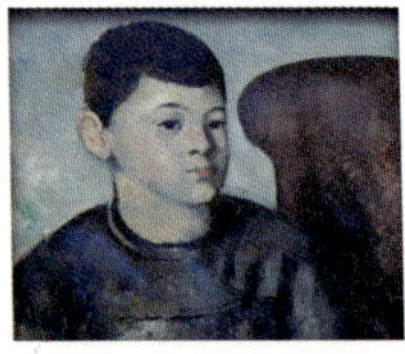

이 작품의 주인공은 1872년 태어난 폴 세잔의 아들인 '폴'이다. 세잔은 자신의 부인과 아들을 모델로 그림을 많이 그렸는데, 그만큼 아들 폴은 세잔에게 중요한 모델 중 한 명이었다.

❷ 세잔 부인의 초상

Portrait de Madame Cézanne, 1890년, 캔버스에 유채,
81×65cm, 파리 오랑주리 미술관

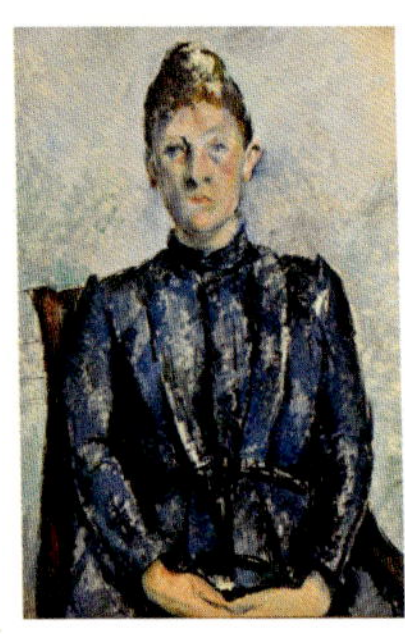

이 작품은 폴 세잔이 그린 세잔 부인의 초상 중에서도 특이하게 정면을 그린 것으로, 좌우 대칭으로 그려져 있다. 사실 그림의 왼쪽 팔이 오른쪽 팔보다 더 길고, 앉아 있는 의자의 오른쪽 팔걸이가 보이지 않는다. 하지만 세잔 특유의 균형감 때문에 안정적인 모습으로 보인다.

1872년 가을, 세잔은 인상주의 화가인 피사로를 다시 만나 그에게 인상주의 기법 및 이론을 본격적으로 배우기 시작하며, 퐁투아즈에서 생활한다. 이곳에서 세잔은 풍경화를 그리며, 인상주의에 대해 진지하게 배워 나간다. 그후 1874년 제1회 인상파전에 참여했

는데, 〈목맨 사람의 집(파리 오르세 미술관)〉 등 작품 3점을 출품했다. 1877년 제3회 인상파전 역시 참여했다. 이때는 〈빅토르 쇼케의 초상(개인 소장)〉 등 16점을 출품하며, 인상파 화가의 대표적인 인물이 되었다.

하지만 이 시기에 비평가들에게 혹평을 받게 되었고, 동시에 인상파에서 벗어나려는 경향을 보이며, 독자적인 화풍을 개척해 나가기 시작했다. 1880년대 이후의 화가들은 대개 인상주의의 양식을 좋아했지만, 그 양식에 만족할 수 없었던 화가들이 후기인상주의를 탄생시켰고, 세잔 역시 그러한 화가들 중 한 명이었다.

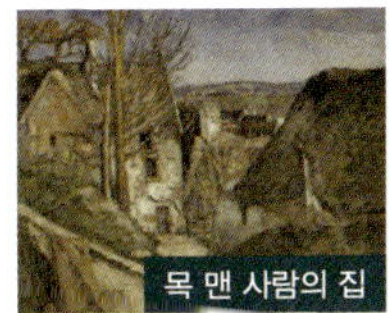
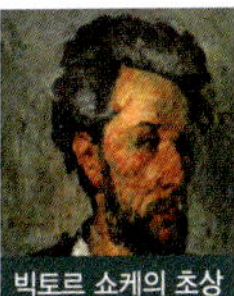

❸ 사과와 비스킷

Pommes et biscuits, 1880년경, 캔버스에 유채,
46×55cm, 파리 오랑주리 미술관

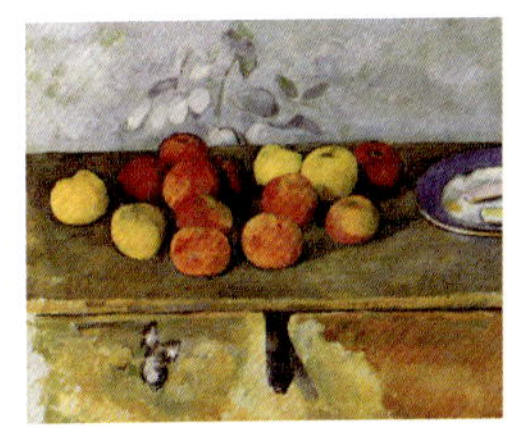

세잔과 사과는 떼려야 뗄 수 없는 관계이다. 세잔의 그림에서 '사과'는 중요한 소재 중 하나였다. 〈사과와 비스킷〉에서는 화면 안에 상자를 놓고 몇 개의 사과와 비스킷 그릇을 표현했다. 하지만 다른 정물화에 비해 단순하면서 대상의 배치가 독특한 느낌이 든다.

이로써 1882년 그의 작품은 처음으로 살롱전을 통과한다. 1886년에는 아버지가 사망한다. 그의 아버지는 마리와 폴의 존재를 몰랐다가 1878년 알게 된 후 잠시 경제적 지원을 끊기도 했지만, 사망하기 전 그에게 넉넉한 유산을 상속했다.

그리고 1886년 세잔은 에밀 졸라와의 오랜 우정에 종지부를 찍었다. 그 이유는 졸라의 소설《작품》에서 등장하는 실패한 천재 화가가 바로 자신을 모델로 한 것이라고 생각했기 때문이었다. 1890년대에 들어서 세잔은 당뇨병을 앓기 시작했고, 작품에 계속 몰두하느라 가족이나 친구들과도 멀어져 혼자 은둔자처럼 생활했다. 1895년부터는 생트 빅투아르 산의 오두막집을 빌려서 생활하며 작품을 그렸다. 그리고 이 해 첫 개인전을 파리에서 열어 대중들에게 자신의 이름을 알리기도 했다. 이 개인전이 처음이자 마지막인 개인전이었다.

세잔은 인생의 후반기에 '생 빅토아르 산'을 주로 그렸다. 자연과 마주보면서 느끼는 면들의 집합들을 칠해가면서, 점차 세잔의 그림은 추상화로 나아가게 된다.

1906년 10월 야외에서 그림을 그리다가 소나기를 만난 세잔은 심한 독감과 폐렴에 걸리게 되는데, 지병인 당뇨병까지 있어서 결국 회복하지 못하고 세상을 떠났다. 세잔은 그의 고향 엑상 프로방스의 묘지에 묻혔다.

세잔이 묻혀 있는 묘지로, 규모가 커서 세잔의 무덤을 찾는 데 조금 시간이 걸린다. 세잔의 무덤은 크게 벽면을 따라 걷다 보면 발견할 수 있다.

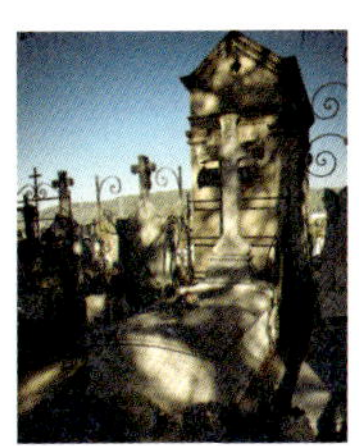

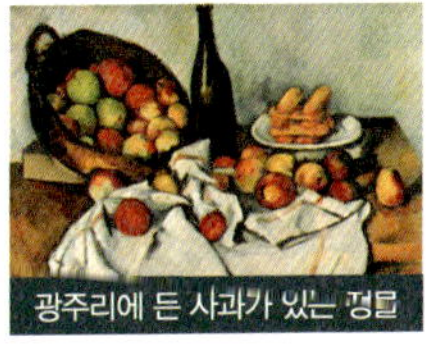
광주리에 든 사과가 있는 정물

'나는 사과 한 알로 파리를 정복할 것이다'라고 했던 그의 말처럼, 세잔은 '사과'로 파리를 정복한 화가였다. 세잔이 활동했던 시기에 정물화는 대가들의 그림에서 조롱거리밖에 되지 않는 소재였다. 그래서 많은 사람들이 전시회에 등장한 세잔의 그림을 보며 비웃었지만, 그는 더욱 정물화에 몰두했다. 세잔은 정물을 자기 마음대로 배치하고 구성하면서 사물의 본질을 찾고자 노력했다. 그런 집념으로, 결국 세잔은 사과 하나로 파리를 정복하게 된다.

폴 세잔의 사과를 두고 지금 사람들은, 인류의 3대 사과 중 하나라고 이야기한다. 즉, 아담과 이브의 사과, 뉴턴의 사과와 세잔의 사과를 인류에게 영향을 끼친 세 개의 사과라고 이야기하며, 세잔의 사과는 결국 파리뿐 아니라 전 세계를 정복하게 된다.

세잔의 사과 그림들뿐 아니라 다양한 작품들은 파리 오르세 미술관이나 파리 오랑주리 미술관 등에서 만나볼 수 있다.

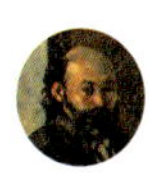

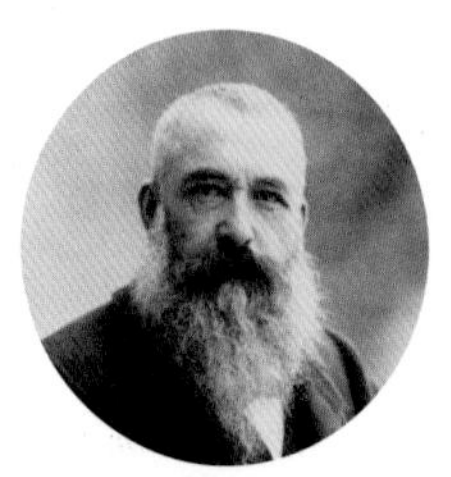

클로드 모네

Claude Monet, 1840~1926

인상파의 창시자 중 한 사람인 모네는 인상주의 미술의 특징을 가장 잘 표현한 화가로, '빛은 곧 색채'라는 인상주의 원칙을 끝까지 고수했으며, 〈수련〉이나 〈루앙 대성당〉과 같은 연작을 많이 남겼다.

모네는 1840년 파리에서 식료품 잡화상의 장남으로 태어났다. 그가 5세가 되던 해에 집안이 르아브르로 이사하게 되어 그곳에서 성장기를 보내게 된다. 16세에 어머니를 여의자 다니던 학교를 그만두고 아마추어 화가이던 마리 잔 고모의 집에서 살게 되었는데, 그곳에서 화가 부댕으로부터 자연을 이해하고 자연을 사랑하는 법을 배우며, 화가로의 첫 발걸음을 시작했다. 1859년 19세 때 파리로 간 모네는 아카데미 스위스에서 카미유 피사로와 친하게 지냈다.

1860년에는 군대에 소집되어 1년간 알제리 주둔지에서 복무했으며 1862년 장티푸스에 걸려 군에서 제대하고 다시 파리로 돌아오게 된다. 파리로 돌아와 르누아르, 시슬레 등과 사귀며 다시 그림 공부를 이어 갔다.

1866년 〈초록 드레스의 여인, 카미유(브레멘 미술관)〉를 그리며 사랑하게 된 그림의 모델 카미유와의 사이에서 1867년 아들 장이 태어났다. 1869년에는 르누아르와 함께 파리에서 가까운 센 강변의 라 그루누예르로 가서, 그곳에서 작업을 하면서 〈라 그르누예르(런던 내셔널 갤러리)〉와 같은 작품을 그렸다.

1870년 전쟁이 발발하자 런던으로 피신하게 되는데, 그곳에서 터너, 콘스터블 등의 영국 풍경화파의 작품들을 접하게 된다. 1871년 귀국하여 파리 근교의 아르장퇴유에 살면서 센 강변의 밝은 풍경을 그려 인상파 양식을 개척했다.

하지만 당시는 초상화가 주류를 이루고 있었던 시대였기 때문에 모네, 드가, 르누아르, 세잔 등의 인상파 화가들은 자신의 그림들을 받아 주지 않는 기존의 미술계에서 벗어나 자신만의 전시회를 개최하고자 한다. 그래서 1874년 첫 번째 그룹 전시회를 열었고, 모네는 이 전시회에 〈인상 : 해돋이〉를 출품했다.

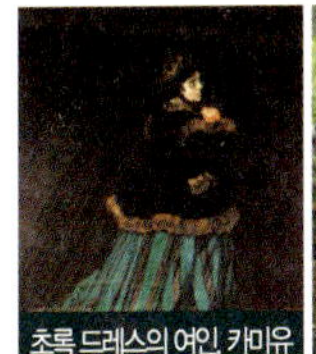

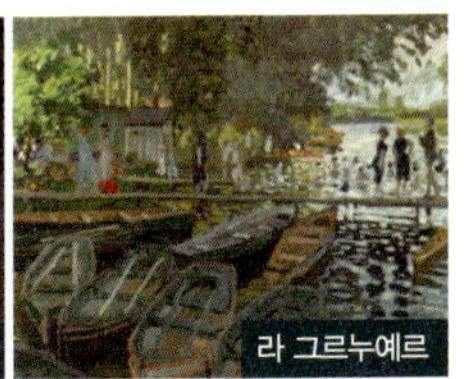

❶ 인상 : 해돋이

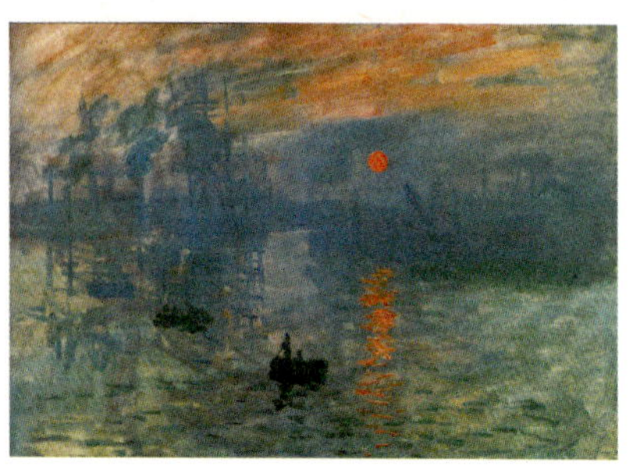

이 작품은 처음 '인상파'라는 이름을 만들어 낸 작품으로, 이 작품의 제목인 '인상'이라는 말이 바로 인상파의 기원이 되었다. 이 그림은 르아브르 항구의 일출 모습을 그린 것이다. 모네는 간결하고 투명한 느낌으로 일출을 표현했는데, 이 작품은 발표될 당시 엄청난 비난을 받았다. 그 이유는 마치 그리다 만 것 같은 느낌과 당시 그림 사조와는 맞지 않게 빛에 따라 변화하는 모습을 그렸기 때문이다.

당시 인상파의 전시를 관람한 비평가 루이 르로이는 모네의 〈인상 : 해돋이〉에 대한 조롱의 의미를 담아 처음으로 '인상주의'라는 말을 사용했고 이 기사가 '인상파'라는 말을 만들게 되었다.

모네는 1876년 부유한 미술품 수집가인 에르네스트 오셰데와 그의 아내 알리스를 만나 그들 부부의 집을 장식할 작품을 의뢰 받았다. 하지만 1878년 후원자인 오셰데가 경기 불황으로 은행 파

산 선고를 받고 벨기에로 도망을 간다. 그래서 이곳저곳을 전전하며 살았던 그의 아내 알리스는 여섯 자녀를 데리고 모네의 베퇴유 집으로 오게 된다. 그 이듬해 모네의 아내가 사망하고, 알리스와 모네는 연인이 되었다.

1883년 모네는 가족들과 함께 지베르니로 간다. 1890년부터는 하나의 주제로 여러 장의 그림을 그리는 연작을 제작했다. 이 당시부터 시작한 〈건초더미(파리 오르세 미술관)〉나 〈루앙 대성당(파리 오르세 미술관)〉 등은 동일한 모티브를 유사한 구도와 서로 다른 분위기로 그린 연작 그림이다.

그러다 1893년 지베르니에 정원을 넓힐 수 있는 대지를 더 구매하고, 그곳에 연못을 만들어 수련을 심고, 연못 위로 일본풍의 아치형 다리를 놓았다. 이 당시부터 시작한 〈수련〉 연작은 모네가 제1차 세계대전의 전사자들을 추모하기 위해 제작한 생애 마지막 작품이다.

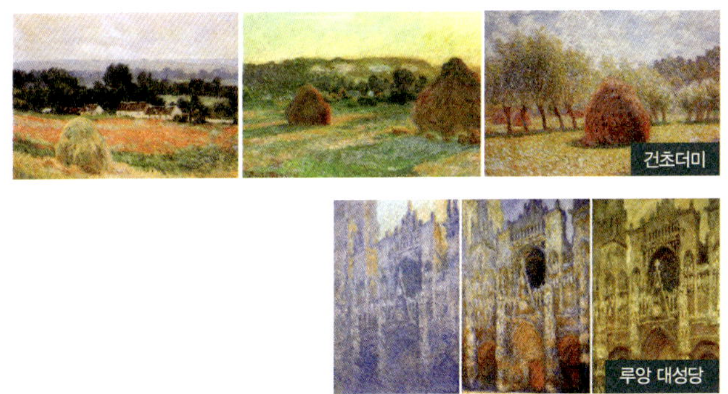

❷ 청색 수련
Nymphéas bleus, 1899년, 캔버스에 유채, 200×200cm,
파리 오르세 미술관

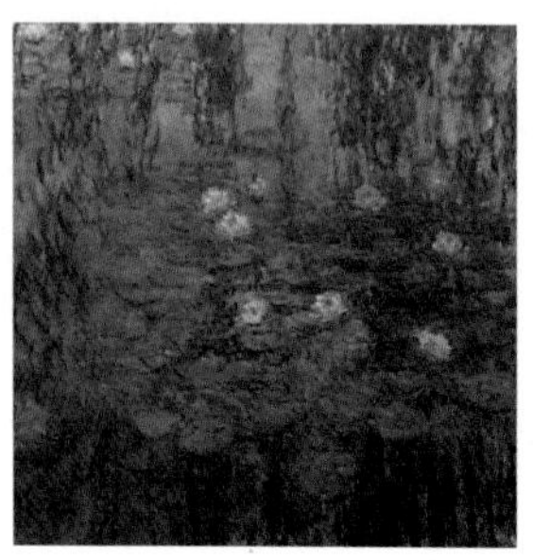

모네는 말년에 지베르니에 머물면서 정원이나
연못을 가꾸는 데 심혈을 기울였고, 20년 동안
250여 점의 〈수련〉 연작을 그렸다. 그중에서 이
작품은 보라색과 초록색의 대치를 통해 아름다
운 수련을 표현한 그림이다. 수련과 함께 지베
르니 정원과 연못의 모습이 조화를 이루고 있어
전체적으로 풍성하게 보인다. 모네가 그린 수련
주제의 그림만 250여 점이 있지만, 저마다 각각
다른 느낌을 풍기는 이유는, 작품마다 색채가
다르고 다양한 빛과 구도가 등장하기 때문이다.
이 작품에도 역시 빛이 주는 아름다움이 잘 표
현되어 있다.

모네의 〈수련〉 연작은 파리 오랑주리 미술관에서 많은 작품들을
만날 수 있다. 그의 수련 작품을 더욱 자세히 보고 싶다면, 파리 오
랑주리 미술관을 방문해 보자.

모네는 백내장이 찾아와 차츰 눈이 불편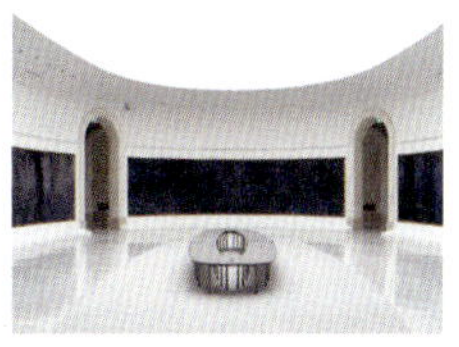
해졌지만, 결코 그림 그리는 것을 멈추지
않았다. 1908년부터 증상이 심해진 백내
장으로 가끔 작업을 쉬어야 했고, 1923
년에는 꺼려하던 눈 수술을 두 번이나 받아야 했으나, 끝내 완전
히 실명하기에 이른다.

그리고 1926년 완전히 실명한 며칠 후 86세의 일기로 세상을 떠
났다. 그의 시신은 지베르니에 묻혀 있다.

모네의 작품을 가장 많이 볼 수 있는 곳은 파리의 마르모탕 미술
관이고, 그 외에 오랑주리 미술관과 오르세 미술관 등에서 만날
수 있다.

❸ 지베르니
Giverny, 프랑스 파리 근교

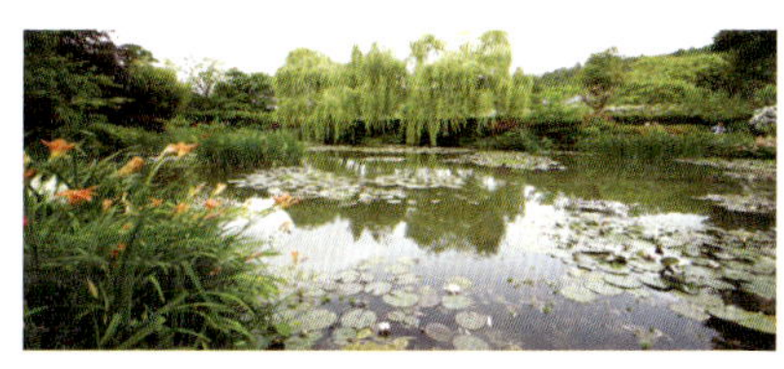

지베르니는 모네가 40대 이후부터 머물면서,
43년 동안 작품 활동에 매진한 곳이다. 모네의
정원은 일년 내내 오픈하는 것이 아니라 주로 4
월 중순경부터 10월 중순경까지만 오픈하니, 가
기 전에 미리 오픈 날짜를 확인하는 것이 좋다.

교통 파리 생 라자르 역에서 루앙행 기차로 베르농에서 하
차한 후, 셔틀 버스를 이용한다.

Maison de Claud Monet

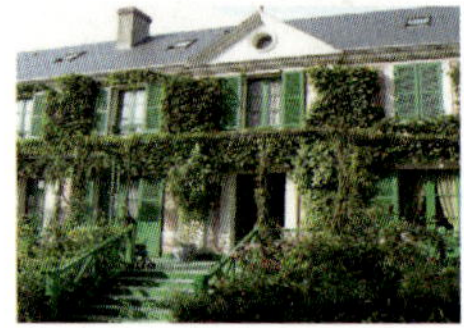

모네의 〈수련〉 연작의 무대가 된 집이 바로 지베르니에 있는 모네의 집이다. 모네는 지베르니로 이주한 지 7년 만에 이 집을 사서 손수 정원을 가꾸었다. 정원에는 직접 꾸민 일본식 무지개 다리와 수양버들 등이 둘러싸고 있는 물 위의 정원이 있는데, 당시 모네가 그림을 그리던 100년 전의 모습 그대로 남아 있다. 그는 이곳에서 〈수련〉 연작을 그리며, 죽을 때까지 그림 그리는 것에 열정을 다했다.

모네의 집에는 당시 모네가 사용하던 이젤과 가구들이 이전 그대로의 모습으로 재현되어 있고, 모네가 수집했던 도자기들도 전시되어 있다. 모네가 숨을 거둔 침실도 그대로 재현되어 있다.

모네의 무덤

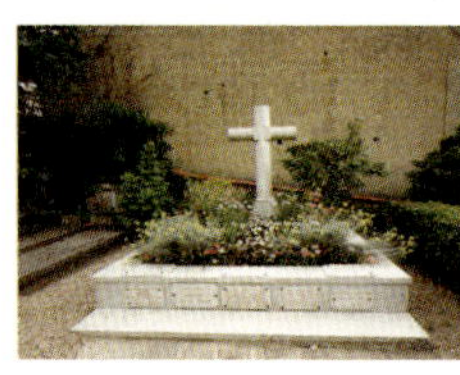

Tombe de Monet

모네의 집에서 5분 정도 걸어가면, 지베르니 성당이 있고, 그곳에 모네의 묘지가 있다.

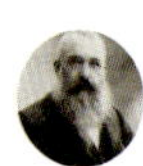

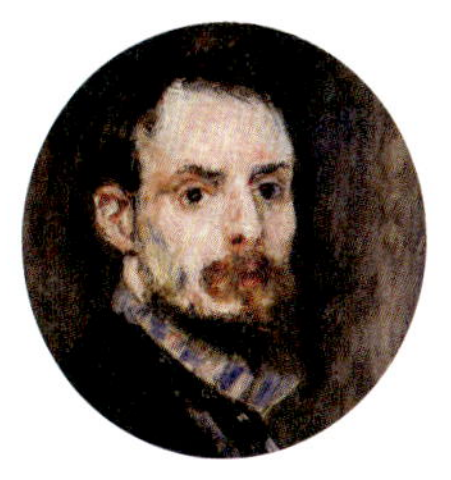

오귀스트 르누아르

Auguste Renoir, 1841~1919

프랑스의 대표적인 인상파 화가인 르누아르는 빛이 색채에 미치는 효과를 가장 잘 표현한 화가였으며, 여성의 모습이니 풍경화 등을 주로 그렸다. 르누아르는 1841년 프랑스 리모 주의 가난한 재봉사의 아들로 태어났다. 그는 4세 때 파리로 이사를 왔지만, 여전히 가난한 양복점 아들이었다. 그래서 12~13세 때부터 도자기 공장에 들어가 도자기에 그림 그리는 일을 했다. 이무렵 점심 시간에는 루브르 박물관에서 와토나 부셰 등의 작품에 이끌려 화가가 될 것을 꿈꾸었다. 그러다 1862년경 글레르의 아틀리에에 들어가 모네, 시슬리, 피사로, 세잔 등과 사귀면서 화가가 되기 위해 미술 공부를 시작했다.

르누아르의 초기 그림은 검은 색조를 주로 사용했는데, 1870년 프로이센 – 프랑스 전쟁 이후, 점차 밝은색으로 그림이 변하고, 인상파에 관심을 가지게 되면서 인상파 운동을 지향했다. 그래서 1874년 제1회 인상파 전람회를 비롯해 제2회, 제3회

전시회에도 계속 작품을 출품했다. 이 당시 르누아르의 가장 대표
작이기도 한 〈물랭 드 라 갈레트의 무도회〉가 제작되었다.

❶ 물랭 드 라 갈레트의 무도회

Bal du Moulin de la Galette, Montmartre, 1876년, 캔버스에
유채, 131×175cm, 파리 오르세 미술관

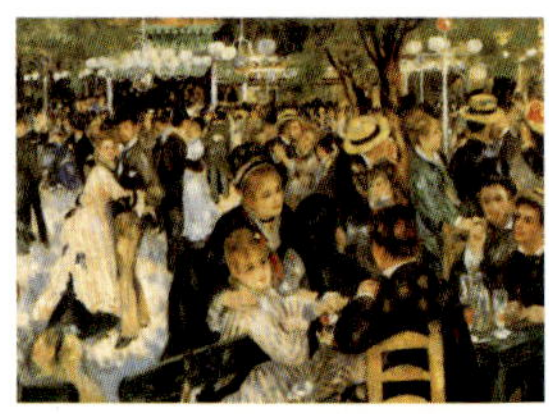

이 작품의 배경은 파리에서 당시 가장 유명했던 무도회장인 '물랭 드 라 갈레트'이다. 르누아르는 이 작품에 많은 모델을 등장시켰는데, 인물마다 다양한 몸짓과 표정을 하고 있어, 얼마나 주의를 기울여 그렸는지를 알 수 있다. 햇살이 비추는 일요일 오후 젊은 남녀의 분위기를 화사하고 아름답게 표현했다.

르누아르는 1881년 이탈리아를 여행하게 되는데, 이때 라파엘로
나 폼페이의 벽화에 크게 감동을 받아, 한동안 그림의 색채나 묘법
이 변했다. 이 당시 그림 중 대표적인 작품으로 〈대수욕도(필라델피
아 미술관)〉 등이 있다. 이 작품을 보면, 르누아르가 고전주의 화법
에 영향을 받았음을 알 수 있다. 르누아르는 이후 완전히 인상파에
서 탈피해 독자적인 풍부한 색채 표현을 찾기 위해 노력했다.

1885년 르누아르와 알린 사이에서 피에르가 태어나고, 1890년에 알린과 결혼을 한다. 르누아르는 아들만 셋 두었는데, 둘째 장은 1894년에, 셋째 코코는 1901년에 태어났다. 1890년대부터는 꽃, 어린이, 여자의 초상, 목욕하는 여인을 주제로 하여 많은 그림을 그렸는데, 주로 붉은색을 사용했다.

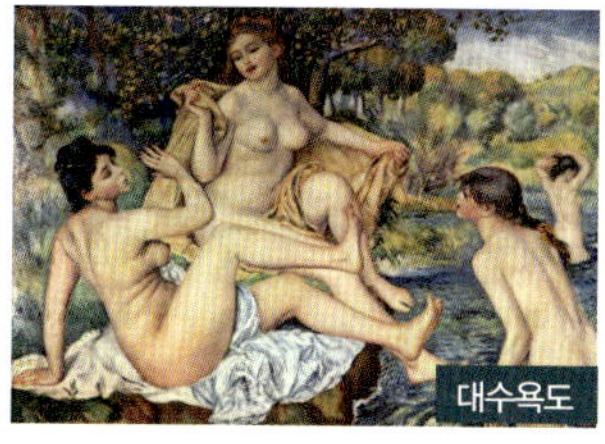

❷ 피아노를 치는 소녀들

Jeunes Filles au Piano, 1892년, 캔버스에 유채, 116×90cm,
파리 오르세 미술관

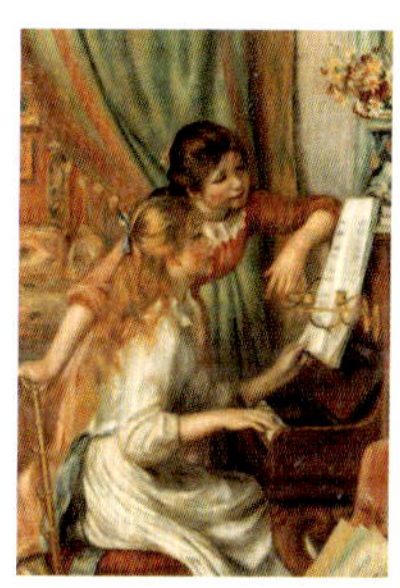

이 그림은 두 소녀가 다정하게 피아노 앞에 있는 모습을 그린 그림으로 한 소녀는 악보를 넘기면서 피아노를 치고, 다른 소녀는 피아노에 팔을 기댄 채 서 있다. 르누아르는 철저하게 계산된 완벽한 균형이 잡힌 구도로 그림을 그렸다. 두 소녀는 황금 비율로 나누어진 구도 안에 들어와 있고, 대각선으로도 안정된 구도를 보여 준다. 또한 서 있는 소녀의 머리를 꼭지점으로 해서 선을 그어 보면 삼각형 구도가 완성되는 등 전체적인 구도에서 편안함과 안정감이 보이게 그려졌다. 또한 따뜻한 노란색으로 전체적으로 표현함으로써 그림 전체가 포근하면서도 온화한 느낌이 감돈다.

1899년부터 르누아르는 건강상의 이유로 남프랑스 해안으로 거주지를 옮겨 작업을 계속 이어 나갔다. 또한 1900년에는 레지옹 도뇌르 훈장을 받았다. 하지만 만년에는 지병인 류머티즘성 관절염 때문에 손이 자유롭지 못하게 되었는데, 그럼에도 불구하고 그는 대담한 색채의 작품들을 계속해서 제작했으며, 1908년에는 카뉴 쉬르 메르에 집을 짓는다.

❸ 카뉴 쉬르 메르에 있는 르누아르의 집
Les Collettes, 프랑스 남부 니스 근교

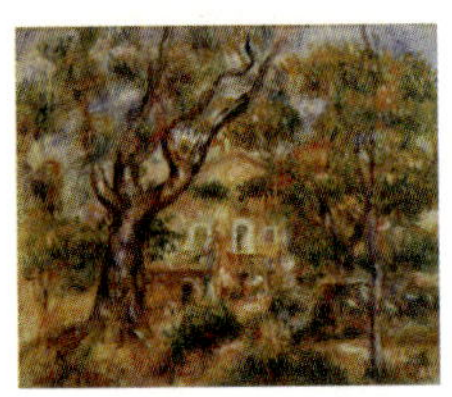

르누아르는 67세였던 1908년 이곳에 집을 지어 12년 동안 살았다. 그는 류머티즘으로 인해 손발이 마비되는 어려움 속에서도, 죽는 날까지 이곳에서 그림 작업에 열중했다. 이 집은 1960년 카뉴 쉬르 메르 시에서 사들여 르누아르 미술관으로 일반에 공개했다.

르누아르는 점차 손발의 마비가 심해져 최후 10년 간은 조수를 써서 작업을 했다. 그의 부인인 알린은 1915년 6월 당뇨병으로 고생하다 사망하였다. 그후 4년 뒤인 1919년 12월 3일 카뉴 쉬르 메르에서 르누아르 역시 폐렴에 걸려 생을 마감했다. 그의 시신은 알린의 고향인 에수아예의 묘지에 알린과 함께 묻혔다.
르누아르의 작품은 주로 파리 오르세 미술관과 오랑주리 미술관에서 만날 수 있다.

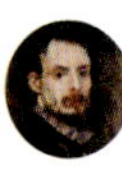

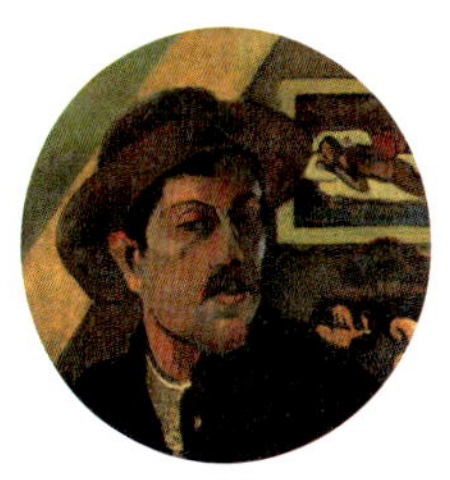

폴 고갱

Paul Gauguin, 1848~1903

고갱은 프랑스 후기 인상파를 대표하는 화가 중 한 명으로, 원시를 꿈꾸며 남태평양의 타히티 섬에서 많은 그림을 남겼다.

고갱은 1848년 프랑스 파리에서 〈르 나시오날〉의 저널리스트였던 클로비 고갱의 아들로 태어났다. 하지만 1848년 2월 일어난 프랑스 혁명으로 프랑스는 정치적 혼란기를 겪었고, 클로비 고갱은 가족들과 페루의 수도인 리마로 이주해서 신문사를 차리기로 계획했다. 그러나 그의 아버지는 페루로 가는 여객선에서 심장병으로 사망한다. 그래서 고갱은 어린 시절 페루 리마에서 그의 어머니와 외삼촌, 그리고 동생과 살게 된다.

1854년 고갱의 가족은 프랑스로 다시 돌아와 할아버지와 살기 위해 오를레앙에 정착하게 된다. 하지만 가족들은 가난했고, 어머니는 삯바느질로 생계를 꾸렸다.

1865년 17세의 고갱은 선원이 되기로 하고, 6년간 상선을 타고 많은 곳을 여행했다. 1871년 그가 인도에 있을 때 어머니의 사망 소식을 듣게 된다. 1872년 선원을 그만두고 파리로 돌아온 고갱은 어머니의 친구가 마련해 준 증권거래점의 점원이 되었다.
이 당시 그는 후견인이었던 어머니의 친구 구스타브 아로사의 영
향으로 그림 수집을 하기도 하고, 일요 화가 회원으로 활동하며 직
접 그림을 그리기도 했다.

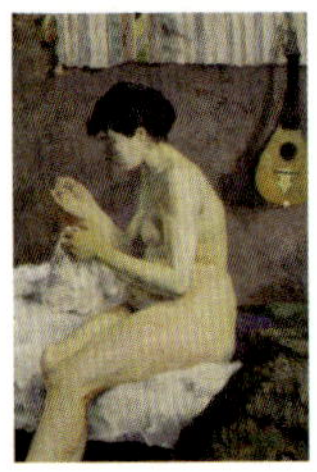

1873년 덴마크 여성인 메테 소피 가트와 결혼
하면서 경제적으로 윤택해졌고, 10년 동안 5명
의 아이가 생겼다. 고갱은 1876년 처음으로 살
롱에 작품을 출품해 피사로를 사귀게 된 것을
계기로, 1880년 제5회 인상파전 후로는 인상파
의 주요 멤버가 되었다. 그는 1881년 제6회 인상파전에 〈누드 습
작(코펜하겐 클립토테크 미술관)〉을 출품했는데, 이때, 유이스만스의
극찬을 받아 인지도를 높였다.

1882년 프랑스 주식 시장이 붕괴되면서 수많은 실업자가 발생하
고, 그의 본래 직업도 불안한 위치에 놓이게 된다. 그 시기에 화가
로서 전시회를 통해 인지도를 높이고 자신을 얻은 고갱은 1883년
증권거래인 직업을 버리고 본격적으로 화가의 길로 들어선다.
35세에 화가가 되기로 결심한 고갱은 생활비가 적게 드는 루앙으
로 이사를 했다. 하지만 점점 생활은 어려워지고, 가난에 지친 고
갱은 아내와 아이들을 데리고 1894년 코펜하겐의 처갓집으로 이
사를 했다. 하지만 그곳에서의 생활 역시 나아지지 않았다. 하루
에도 몇 번씩 자살을 생각할 정도였다. 그래서 결국 가족들과 헤
어져, 그림에만 전념하기 위해 파리로 돌아왔다.

고갱은 파리에서 고독한 생활을 하다 생활비가 덜 들고 새로운 그림을 그릴 수 있는 프랑스 남부의 시골 마을인 퐁타방으로 1886년 6월 이사를 했다. 이곳에서 에밀 베르나르, 샤를 라발 등을 만나게 된다. 그리고 그 후, 다시 더욱 한적한 바닷가 작은 마을인 르 풀뤼로 이사를 했다.

이 당시 그린 그림 중 고갱의 대표작으로 〈황색의 그리스도(미국 올브라이트 녹스 미술관)〉가 있다. 시골 사람들의 생활 속에 아직도 종교가 커다란 역할을 하고 있다는 것에 감동 받아 그린 것이다.

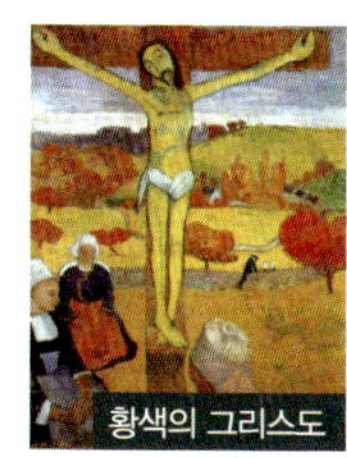

고갱은 1887년 남대서양의 마르티크 섬으로 향한다. 하지만 곧 향수병에 시달리게 되고, 이듬해 파리로 돌아왔다. 짧은 여행이었지만 이때 제작된 작품은 원시주의적 미술로 파리에서 주목을 받게 된다.

다시 돌아온 파리에서 고갱은 고흐, 로트레크 등을 알게 되었다. 하지만 1888년의 상황은 고갱에게 거의 절망적이었다. 생활이 어려워지던 차, 당시 아를에 있던 고흐의 제안을 받아들여 고흐의 노란집으로 갔다. 그곳에서 고흐와 함께 같은 주제를 갖고 작업을 하면서 토론도 하고 즐거운 생활을 했지만, 점차 고흐와 다른 생활 방식과 예술관으로 다투기 시작한다.

그래서 고갱은 아를을 떠날 기회만을 엿보게 된다. 그러던 중, 1888년 12월 23일 고흐가 자신의 귀를 자르는 사건이 발생하고,

고갱은 퐁타방으로 돌아가 새로운 그림을 그리기 시작한다. 그러나 퐁타방에서도 원하는 그림을 그릴 수 없었던 고갱은 1891년 원시의 섬 타히티로 떠났다.

고갱은 타히티 파페에떼에서 머물면서 원시인과 똑같은 생활을 하면서, 그들의 모습을 그림으로 그리고자 했지만, 타히티 파페에떼는 그의 이상과 달리 척박한 곳이었다. 그래서 그해 9월 마타이에아 섬으로 옮겼다. 이곳에서 고갱은 안정을 찾고 그림을 그릴 수 있었다. 그리고 원시의 섬 타히티에서 고갱은 원주민의 건강한 삶과 열대의 정열적인 색채를 특징으로 하는 상징주의를 완성시켰다. 하지만 이곳에서도 점차 가난과 빈곤, 고독에 시달리기 시작했다.

❶ 언제 결혼하니?

When will you marry?, 1892년, 캔버스에 유채,
101×77cm, 스위스 바젤 미술관

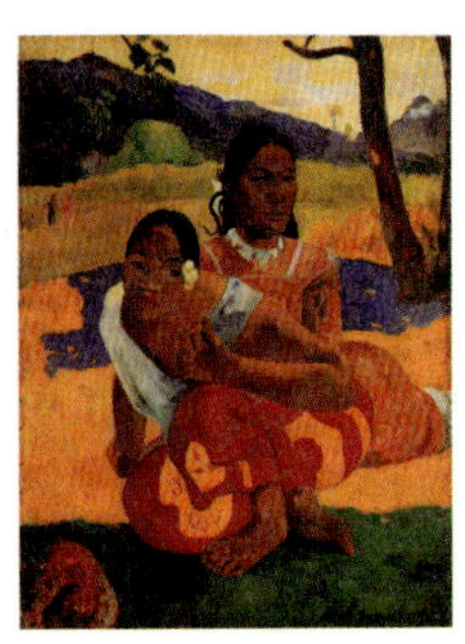

고갱이 타히티에서 그린 그림 중 하나로, 타히티에 온 지 2년 만에 그린 그림이다. 극단적인 대비는 고갱의 그림에서 흔히 볼 수 있는 것으로, 색채의 조화가 아름답다.

고갱은 1893년 6월 4일 타히티를 떠나 그토록 그리워하던 프랑스로 향했다. 파리로 돌아온 그는 1893년 11월 10일 타히티에서 그린 작품으로 개인전을 열었지만 상업적으로는 실패했다. 그리고 고갱은 다시 타히티 섬으로 돌아갈 것을 결심하고, 1895년 6월 말 프랑스를 떠나 남태평양으로 향했다. 타히티에 도착해 그는 '파후라'라는 여인과의 사이에서 아이를 낳기도 했다.

❷ 예수의 탄생

The Birth of Christ, 1896년, 캔버스에 유채, 96×128cm,
뮌헨 노이에 피나코테크

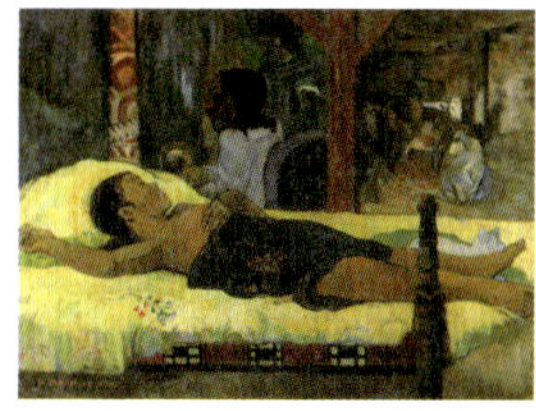

이 그림은 타히티 섬에서 원주민의 모습을 그린 것으로, 그곳에서 함께 살던 '파후라'라는 여인이 노란 침대 위에 누워 있는 모습이다. 그녀는 막 출산을 끝내고 힘겨운 모습으로 보이는데, 그녀는 고갱의 아이를 낳았다. 그리고 그녀 곁에는 아이를 받아 든 다른 여인이 보이는데, 그녀는 저승사자이다. 태어난 아이는 며칠 후 죽었고, 이 그림은 그녀를 위로하고자 그린 것으로, 아이의 머리에 후광을 그려 넣어, 신의 아들이었다고 표현했다. 또한 집 안에 소들이 그려져 있어 마굿간에서 태어난 예수를 떠오르게 한다.

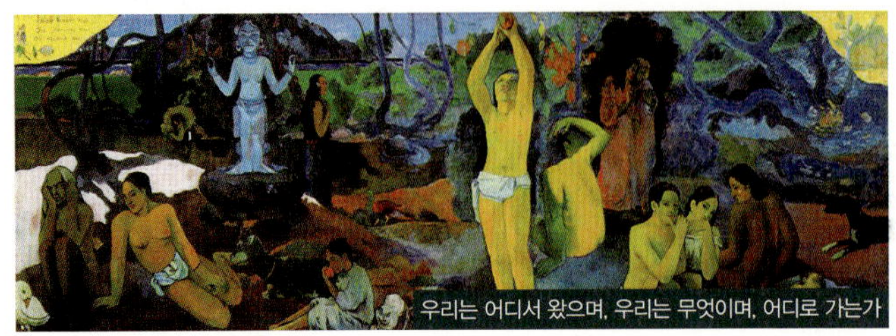

타히티 파페에떼에 돌아온 고갱은 병마에 시달렸고, 우울증에 빠져 자살을 기도했다. 그러나 가까스로 살아난 고갱은 혼신의 힘을 다하여 〈우리는 어디서 왔으며, 우리는 무엇이며, 어디로 가는가 (미국 보스턴 미술관)〉를 그렸다. 이 작품은 그의 마지막 유언과도 같은 것이었다.

그리고 1901년 마르키즈 제도의 히바오아 섬으로 이사를 했을 무렵 그는 영양 실조로 건강이 더욱 나빠져 있었다. 더불어 1903년 고갱은 종교와 식민지 행정에 대한 문제로 3개월간 투옥과 벌금 1000프랑을 명 받았다. 그러나 고갱은 형이 실행되기 직전인 1903년 5월 8일 히바오아 섬에서 심장마비로 생을 마감했다. 그리고 그의 시신은 그곳 히바오아 섬에 묻혔다.

달과 6펜스

윌리엄 서머셋의 소설인 《달과 6펜스》는 폴 고갱의 이야기에서 모티브를 가져온 것이다. 윌리엄 서머셋은 고갱의 이야기에서 흥미를 얻어 그의 흔적을 찾아 직접 타히티 섬을 돌아보기까지 했을 정도였다. 열정적이며 천재적인 화가의 일생을 그린 작품으로, 이 소설은 엄청난 인기를 얻었다. 게다가 1942년에는 영화로 제작되기도 했다. 이 소설을 읽어 보면, 폴 고갱의 이야기를 재미있게 접근할 수 있다.

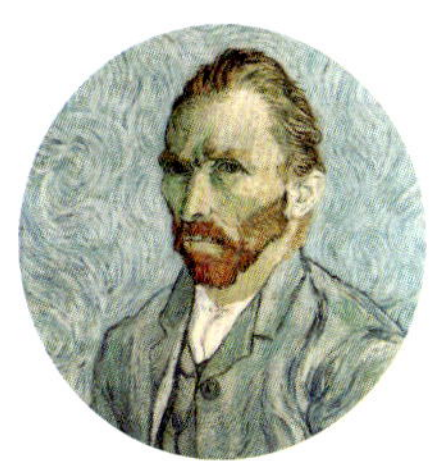

빈센트 반 고흐

Vincent van Gogh, 1853~1890

후기 인상파를 대표하는 화가인 고흐는, 격동적인 삶을 살았던 인물이기도 하다. 정신병으로 자신의 귀를 자르기도 했고, 스스로 목숨을 끊기도 했지만, 그는 강렬한 색채와 격렬한 필치를 사용해 자신만의 미술 화풍을 만들고, 10년이라는 짧은 화가로서의 생애 동안 많은 걸작을 남겼다.

고흐는 1853년 네덜란드의 그루트 준데르트에서 목사인 테오도로스 반 고흐의 아들로 태어났다. 그리고 1855년에는 그의 여동생 안나가 태어나고, 1857년 5월 1일에는 그가 아낀 동생 테오가 태어난다.

1860년 고흐는 부모와 떨어져 기숙학교에 다녔는데 적응하지 못해서 15세에 학교를 그만두었다. 그 뒤 1861년부터 3년 동안 그의 여동생 안나와 함께 가정교사로부터 교육을 받았다. 1864년부터는 새로운 학교에 다녔는데, 그는 가족과 멀리 떨어져 있는 것을 싫어했다.

1869년 고흐는 숙부의 권유로 구필화랑의 조수로 헤이그 지점에서 일하게 된다. 1873년부터는 고흐의 동생인 테오도 브뤼셀 지점 구필화랑에서 일하게 되었다. 그 뒤 고흐는 1873년에는 런던에서, 1875년에는 파리에서 구필화랑의 일을 했지만, 그는 손님들과 그림에 대한 관점 차이로 자주 언쟁을 벌였고, 결국 해고 당했다.

고흐는 당시 성직자의 길을 걷고자 했는데, 파리를 떠나 영국으로 가서, 선교사로 일하기 위해 노력했다. 그래서 영국 텐트 주의 감리교 학교 램스게이트에서 견습 교사로 일을 했다.
그 후 1877년 네덜란드로 돌아와 신학 대학에 들어가기 위해 공부를 했지만, 결국 신학 대학에 낙방하고, 전도사 양성 학교에서도 자질이 부족해 결국 평신도로 6개월 동안만 선교사 활동을 허가 받았다. 그는 가난한 사람들에게 복음을 전파하기 위해, 벨기에 보리나 주 탄광에서 선교사 생활을 시작한다. 하지만 그의 광신도적인 성격 때문에 교회로부터 전도사로 받아들여지지 않았고, 마침내 그는 그림을 그리기로 결심한다.

1880년 고흐는 28세에 화가가 되기로 결심하고, 미술 공부를 하기 위해 파리로 갔다. 그곳에서 드로잉을 배운 후, 헤이그의 유명한 화가였던 안톤 모베의 화실에서 유화를 배우며 본격적인 미술 수업을 받는다. 하지만 그의 성격 때문에, 아버지와도 불화가 생기고, 안톤 모베와도 불화가 생긴다.
결국 1881년 매춘부인 크리스틴과 동거 생활을 하며, 알코올 중

독에 빠지게 된다. 그러자 가족들과 동생인 테오가 그녀와 헤어지기를 강요했고, 고흐는 괴롭지만 그림에 전념하기 위해 그녀와 어린아이를 저버린다.

1883년 12월, 고흐는 생활이 어려워지자 목사인 아버지가 새로 부임해 있는 누에넨으로 돌아온다. 그곳에서 고흐는 밀레를 본받아 농민 화가가 될 것을 결심하고, 땀 흘리며 일하는 노동자들의 모습을 그려 내려고 노력했다. 그래서 1885년 〈감자 먹는 사람들〉을 그리며, 그의 첫 작품을 완성했다. 이 당시 작품에서 보이는 어둡고 칙칙한 색조는 그의 초기 작품들의 특징으로, 이 작품은 당시 좋은 평가를 받지 못했다.

❶ 감자 먹는 사람들
Potato Eaters, 1885년, 캔버스에 유채, 81.5×114.5cm,
암스테르담 반 고흐 미술관

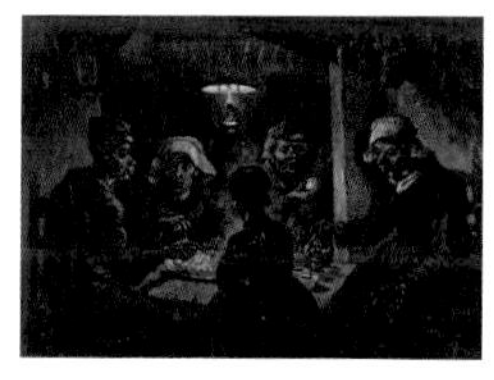

고흐 스스로 완성했다고 생각하는 첫 번째 작품이 바로 이 그림이다. 이 그림에 등장하는 사람들은 그루트 가족인데, 고흐는 이 사람들을 그리기 위해, 가족 한 명씩 따로 40번이 넘게 그리면서 몇 달 동안 각각의 인물을 그리는 연습을 하며 대략의 구성을 그려 나갔다.

암스테르담의 반 고흐 미술관에 전시된 이 작품은, 고흐가 완성한 두 번째

버전의 〈감자 먹는 사람들〉이다. 고흐는 이 그림을 통해 농부들을 정직하고 온화하게 그리기보다 매일의 노동에서 오는 고통을 거칠게 표현했다. 농부들이 추하게 보이거나 불쾌하게 보이는 모습 또한 그 때문이다.

고흐는 등잔불 밑에서 감자를 먹는 농부들의 모습을 통해 그들의 손으로 직접 수확한 감자에 초점을 맞췄다. 그들은 정직하게 일해서 음식을 만들었고, 함께 모여서 감자를 먹으며 노동의 대가를 받고 있는 것이다.

1886년 2월 고흐는 파리로 떠났다. 이때 고흐는 파리에서 인상파의 밝은 그림을 보고 큰 충격을 받았다. 그래서 자신의 갈색조 색감이 얼마나 구식인가를 깨닫고, 인상파 미술을 접하면서 점차 밝은 색상으로 그림을 그리기 시작한다.

그는 파리에서 역사 화가인 페르낭 코르망의 작업실에서 수련을 하며, 에밀 베르나르와 카미유 피사로 등의 미술가들과 친구가 되었다. 그리고 인상파의 빛과 색을 다루는 방법과 신인상파의 점묘 기법을 이용해 도시의 풍경 등을 그렸다. 또한 보색 배치를 통해 빛의 효과들을 탐구하며 색채 이론을 연구했다. 그러나 파리의 추운 겨울과 과로, 퇴폐적인 생활로 인해 누적된 신체적, 정신적인 피로를 이기지 못하고 파리를 떠나고자 결심한다.

1888년 2월 드디어 파리를 떠나 프랑스 남부의 아를로 향했다. 아를에서 고흐는 이곳저곳을 돌아다니며 그림을 그렸고, 심지어 밤에도 거리로 나가 그림을 그렸다. 그래서 밝고 강렬한 색채, 명료하고 간결한 구성 등을 특징으로 자신만의 회화 세계를 구축해 나갔다. 이 당시 그린 그림 중에 대표적인 그림이 〈밤의 카페 테라스〉이다.

❷ 밤의 카페 테라스

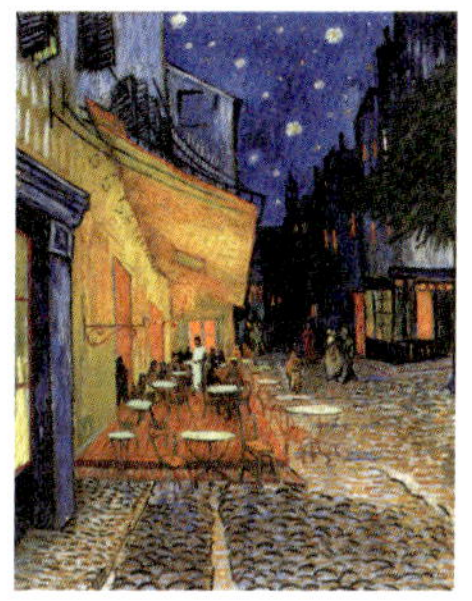

이 그림은 당시 아를의 한 카페를 배경으로 그린 그림이다. 어둠과 장막이 덮고 있는 조용한 골목의 카페를 그린 것인데, 간간히 보이는 등불과 별이 빛나는 밤의 모습은 카페의 금색 등과 대조되어 카페가 더욱 돋보인다. 고흐는 이런 풍경이 마음에 들어 이곳에 자주 찾아와 그림을 그렸고, 카페 여주인과도 연인 사이로 발전하게 되었다. 이 카페는 반 고흐의 그림으로 지금은 유명한 곳이 되었다.

고흐는 아를에서 가난한 예술가들을 위한 공동 작업장을 만들어 어려운 동료 작가들과 함께 작업하기를 바랐다. 그리고 고갱, 베르나르 등에게 편지를 보낸다.

이에 고갱이 오겠다고 연락을 하자 고흐는 '노란집'이라는 별명이 붙은 집을 구하고, 그 집의 외관과 방을 그림으로 그리는가 하면, 그 집을 장식하기 위해 〈해바라기〉 그림을 그렸다. 고흐는 이 방을 꾸미기 위해 총 네 점의 〈해바라기〉를 제작했다.

❸ 노란집

The Yellow House, 1888년, 캔버스에 유채,
72×91.5cm, 암스테르담 반 고흐 미술관

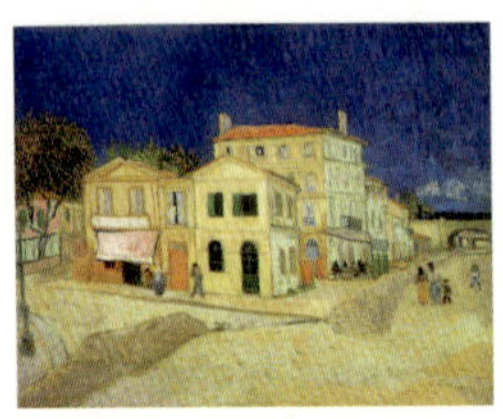

고흐는 1888년 5월 초, 아를의 라마르틴 광장 2번지에 있
는 '노란집' 건물의 한 집에 세를 들었다. 고흐가 세를 든
집은 건물 외관은 밝은 노란색이었지만, 내부는 미완성인
상태였기 때문에, 고흐는 이 집을 조금씩 손보고 가구를
넣은 후 9월부터 거주하기 시작했다. 고흐가 걸작인 〈해바
라기〉와 같은 작품을 완성시킨 곳도 바로 이 집이다. 〈해
바라기〉는 고흐가 고갱을 기다리며, 고갱의 방을 꾸미기
위해 그린 것이다. 하지만 고갱과의 비극이 시작된 곳도
바로 이곳이다. 이 그림에서 노란집은 파란색 하늘과 대비
되어 노란색이 더욱 밝고 화사하게 느껴진다.

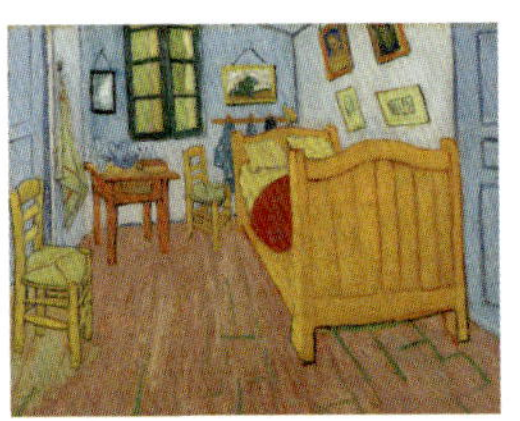

❹ 고흐의 방

The Bedroom, 1888년, 캔버스에 유채,
72×90cm, 암스테르담 반 고흐 미술관

고흐가 아를의 노란집에 거주할 당시 자신의 방의 모습을
그린 그림이다. 방에는 커다란 침대와 의자, 단순한 가구
등으로 소박한 느낌이지만, 자신의 공간이 생긴 기쁜 마음
이 담겨 있는 듯 밝은 색상으로 묘사되어 있다. 하지만 평

생 가난하게 살았던 가난한 화가의 쓸쓸함과 외로움이 밝은 색채를 통해 더욱 진하게 느껴지는 것 같다. 고흐는 자신의 방 그림을 연작으로 세 점을 그렸다. 나머지 두 점은 각각 시카고 아트 인스티튜트와 파리 오르세 미술관에 전시되어 있으며, 암스테르담의 반 고흐 미술관에 있는 이 작품이 첫 번째 그림이다.

❺ 해바라기

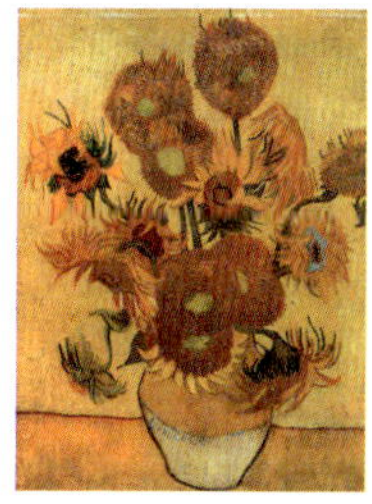

고흐는 평소 해바라기로 아틀리에를 가득 채우고 싶다고 할 정도로 해바라기를 좋아했다. 그래서 해바라기를 소재로 여러 점의 그림을 그렸다. 고흐가 아를에서 그린 해바라기 그림들은 남부와 어울리는 강렬한 노란색으로 열정이 넘친다.

1888년 10월 어렵게 고흐의 요청을 수락한 고갱이 아를에 도착했다. 고흐는 고갱과 '노란집'에서 9주가량 함께 생활하면서 그림을 그렸고, 예술에 대한 열띤 토론을 나눴다. 하지만 강렬한 개성을 지닌 두 화가는 서로 다툼이 많아져, 급기야 1888년 12월 23일 고흐가 고갱을 면도칼로 위협하고, 자신의 왼쪽 귀를 자르는 사건이 벌어지게 된다. 이 사건 이후로 고흐는 아를 시민들에게 미치광이로 낙인 찍혀 정신 병원에 들어가게 되고, 고갱도 그의 곁을 떠난다.

1889년 5월, 고흐는 아를의 병원에서 나와 생 레미에 있는 정신

병원에 자발적으로 찾아가, 그곳에 1년간 머물면서 치료를 받았다. 그 외중에도 그는 작품 활동을 멈추지 않았고, 그의 대표작인 〈별이 빛나는 밤〉을 그렸다. 그리고 병원 근처의 삼나무와 올리브 나무도 자주 그렸다.

❻ 별이 빛나는 밤
The Starry Night, 1889년, 캔버스에 유채, 73.7×92.1cm, 뉴욕 현대 미술관

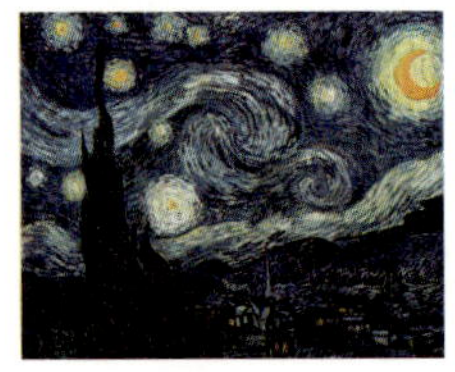

고흐의 대표작 중 하나인 〈별이 빛나는 밤〉은 고갱과 다툰 뒤 스스로 자신의 귀를 자른 사건 이후 생 레미의 요양원에 있을 때 그린 것이다. 고흐는 이전에 그린 〈밤의 카페 테라스〉나 〈론 강 위로 별이 빛나는 밤〉에서도 별이 반짝이는 밤의 정경을 다루었다. 이 그림은 소용돌이치는 별빛 아래 우울하게 드리워 있는 생 레미의 모습을 담고 있다. 그러나 이 풍경은 실제의 생 레미의 모습과는 다르다. 오른쪽에 보이는 산과 왼쪽에 보이는 불타오르는 듯한 사이프러스는 고흐가 임의로 그려 넣은 것이다. 이 그림에서 보이는 풍경은 고흐의 내면 그 자체라고 할 수 있다. 즉 고독감과 불안에 휩싸인 영혼의 불행이 느껴진다. 이 시기에 그의 붓터치는 더욱 두꺼워지고 열정적으로 변했으며, 꿈틀거리는 듯한 선은 별의 광채를 한층 두드러지게 한다. 회오리치는 듯 꿈틀거리는 필치는 강렬한 색과 결합되어 감정을 더욱 격렬하게 표현하고 있다.

❼ 올리브 나무숲

Olive Trees, 1889년, 캔버스에 유채, 90×71cm, 오텔로 크뢸러 뮐러 미술관

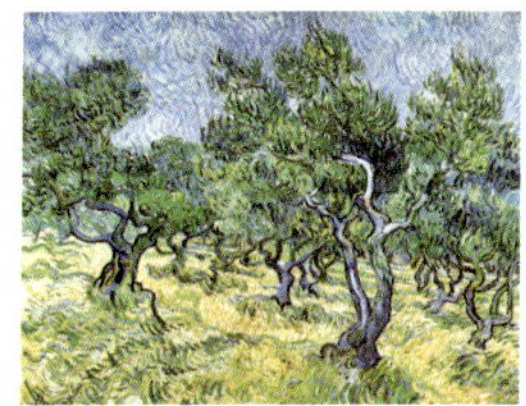

고흐는 생 레미 병원 앞에 있는 올리브 나무를 연작으로 그리고자 했다. 그래서 빛에 따라 여러 색으로 변하는 올리브 나무를 그리기 시작했는데, 계절에 따라 색상이 변하는 올리브 나무를 14점의 그림에 담아 냈다. 꼬불꼬불하면서도 역동적인 선의 느낌은 강렬한 태양과 같이 이글거리는 느낌을 준다. 또한 고흐의 불안한 정신 상태를 나타내고 있기도 하다.

1890년 5월 그는 정신병 치료에 마지막 희망을 걸고 가세 박사가 있는 파리 근교의 오베르 쉬르 우아즈로 향했다. 오베르에서 고흐는 자연을 소재로 그림을 그렸다. 1890년 고흐는 앙당팡당전에 작품을 전시했고, 파리의 친구들은 고흐의 성공을 확신했다.

하지만 1890년 7월 27일 고흐는 들판을 서성이다 권총으로 스스로 가슴을 쏘았다. 바로 죽지는 않았지만 총상은 치명적이었다. 이틀 후인 7월 29일 고흐는 동생 테오가 지켜보는 가운데 세상을 떠났다.

고흐가 자신이 자살한 곳 근처에서 그려낸 〈까마귀가 있는 밀밭〉은 그의 유서와도 같은 것이었다.

❽ 까마귀가 있는 밀밭

Wheatfield with Crows, 1890년, 캔버스에 유채, 50.5×103cm, 암스테르담 반
고흐 미술관

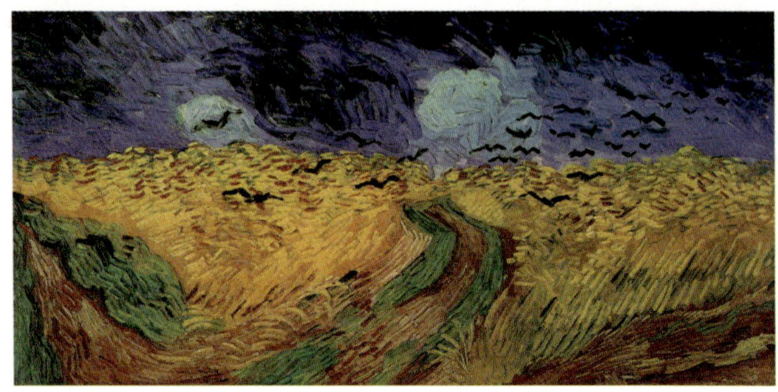

이 작품은 고흐가 자살하기 전 마지막으로 남긴 것으로
그의 작품 중 가장 유명한 작품이기도 하다. 고흐가 마
지막으로 살았던 오베르 쉬르 우아즈의 7월에는 밀밭이
황금빛으로 변하고, 이삭을 먹기 위해 몰려드는 까마
귀 떼로 장관을 이룬다. 요동치고 거칠게 그려진 하늘
과 불길하고 어두운 기운이 느껴지는 까마귀 떼는 자살
하기 직전 그의 절망감을 강하게 보여 주고 있다. 하지
만 노란색 밀밭은 희망으로 가득 차 있는데, 자신의 비
극적인 인생과 예술을 통한 긍정적인 삶의 의지가 묘하
게 조화를 이루고 있다.

하지만 고흐는 이 그림을 그리고 얼마 지나지 않아, 자
신의 가슴에 직접 총을 쏘아 자살을 시도했고, 결국 며
칠 후에 숨을 거뒀다.

고흐가 떠난 후, 고흐의 정신적 지주였고 지원을 아끼지 않았던 동생 테오도 우울증에 시달렸고, 결국 오퇴유에 있는 정신 병원에 입원했으며, 그곳에서 1891년 1월 세상을 떠났다. 그리고 테오의 시신은 고흐가 묻혀 있는 오베르 쉬르 우아즈의 묘지에 나란히 묻혔다.

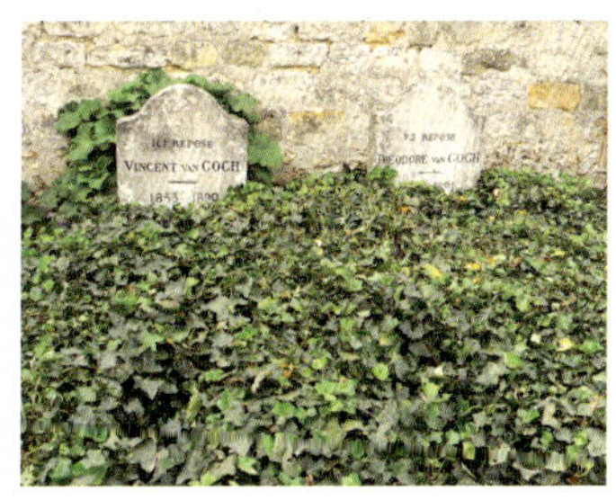

고흐에 대해 자세하게 알고 싶다면, 고흐가 테오에게 보낸 편지를 한번 읽어 보는 것이 좋다. 고흐는 테오에게 보낸 편지에 자신의 생각을 모두 표현했기 때문이다. 암스테르담의 반 고흐 미술관이나 파리의 오르세 미술관 등 세계의 많은 미술관에 그의 작품이 전시되어 있다.

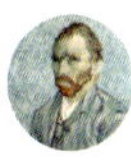

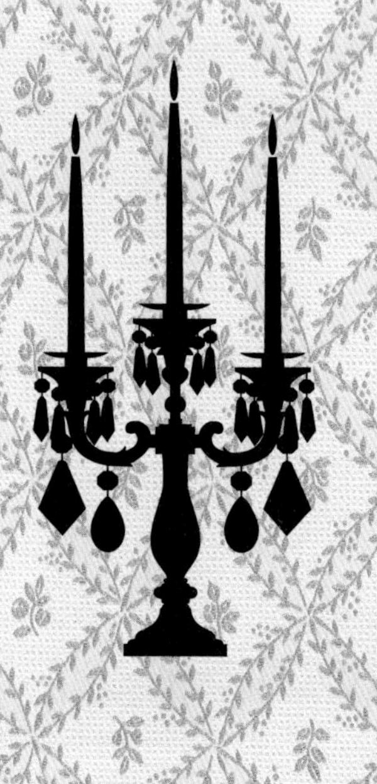

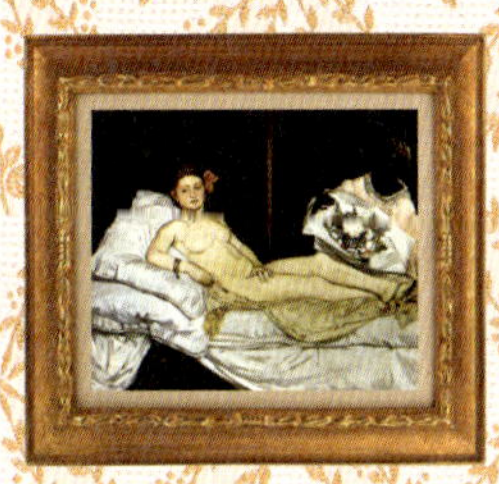

유럽 미술사 살펴보기

기원전

고대 미술

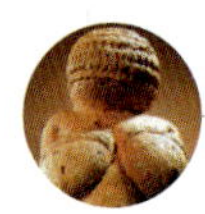

2만 5천~2만 년 〈빌렌도르프의 비너스〉, 빈 자연사 박물관
2만 5천 년 〈알타미라 동굴 벽화〉, 산티아나 델 마르 동굴
2천 년 〈스톤헨지〉, 영국 솔즈베리 평원

그리스 미술(에게 미술)

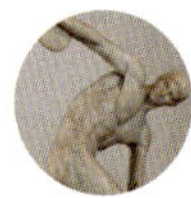

450년 마론, 〈원반 던지는 사람〉, 로마 국립 미술관
438년 〈파르테논 신전〉, 대영 박물관
390년 〈네레이드 신전〉, 대영 박물관
180년경 〈페르가몬 제단〉, 베를린 페르가몬 박물관

헬레니즘 미술

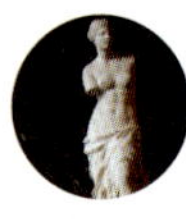

190년 〈사모트라케의 니케〉, 루브르 박물관
175년 〈라오콘〉, 바티칸 박물관
100년 〈밀로의 비너스〉, 루브르 박물관

기원후

로마 미술

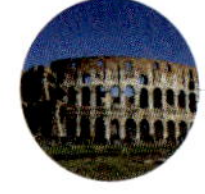

14~29년 〈프리마 포르타의 아우구스투스상〉, 바티칸 박물관
80년 〈콜로세움〉, 로마
81년 〈티투스 황제의 개선문〉, 로마
1세기경 〈포틀랜드 꽃병〉, 대영 박물관

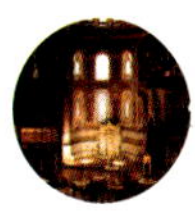

비잔틴 미술

360년 〈아야소피아 성당〉, 이스탄불
547년 〈유스티니아누스 황제와 수행자들〉, 라벤나 산 비탈레 성당

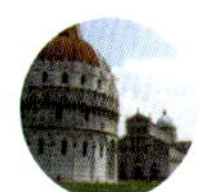

로마네스크 미술

1118년 〈피사 대성당〉, 피사

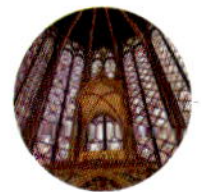

고딕 미술

1163년 〈노트르담 대성당〉, 파리
1280년 치마부에, 〈마에스타〉, 루브르 박물관
1434년 얀 반 에이크, 〈아르놀피니 부부의 초상〉, 내셔널 갤러리

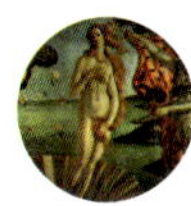

르네상스 미술

1485년 보티첼리, 〈비너스의 탄생〉, 우피치 미술관
1495~1497년 레오나르도 다빈치, 〈최후의 만찬〉, 산타 마리아 델레 그라치에 성당
1499년 미켈란젤로, 〈피에타〉, 바티칸 성당
1500년 알브레히트 뒤러, 〈자화상〉, 알테 피나코테크
1503~1506년 레오나르도 다빈치, 〈모나리자〉, 루브르 박물관
1505~1513년 미켈란젤로, 〈죽어 가는 노예상〉, 루브르 박물관
1507년 알브레히트 뒤러, 〈아담과 이브〉, 프라도 미술관
1511년 라파엘로, 〈아테네 학당〉, 바티칸 박물관
1508~1511년 미켈란젤로, 〈천지창조〉, 바티칸 박물관
1533년 한스 홀바인, 〈대사들〉, 내셔널 갤러리
1534~1541년 미켈란젤로, 〈최후의 심판〉, 바티칸 박물관
1563년 브뤼겔, 〈바벨 탑〉, 빈 미술사 박물관
1555~1558년 브뤼겔, 〈이카로스의 추락이 있는 풍경〉, 벨기에 왕립 미술관

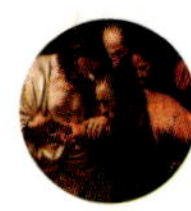

바로크 미술

1601~1602년 카라바조, 〈의심하는 도마〉, 포츠담 상수시 궁전

1601~1605년 카라바조, 〈성모의 죽음〉, 루브르 박물관

1612~1614년 루벤스, 〈십자가에서 내림〉, 안트베르펜 대성당

1620년 젠틸레스키, 〈홀로페르네스의 목을 베는 유디트〉, 우피치 미술

1622년 반 다이크, 〈수산나의 목욕〉, 알테 피나코테크

1642년 렘브란트, 〈야간 순찰〉, 암스테르담 국립 미술관

1647~1652년 베르니니, 〈성 테레사의 환희〉, 산타마리아 델라 비토리아 성당

1656년 벨라스케스, 〈시녀들〉, 프라도 미술관

1666년 베르메르, 〈진주 귀걸이를 한 소녀〉, 마우리츠하이스 미술관

1669년 렘브란트, 〈63세의 자화상〉, 내셔널 갤러리

1669~1670년 베르메르, 〈레이스 뜨는 여인〉, 루브르 박물관

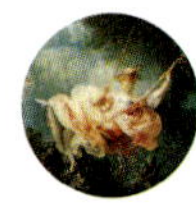

로코코 미술

1756년 프랑수아 부셰, 〈퐁파두르 부인의 초상〉, 알테 피나코테크

1776년 프라고나르, 〈빗장〉, 루브르 박물관

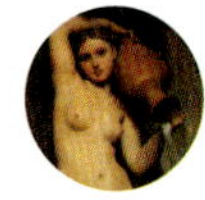

신고전주의, 낭만주의 미술

1800~1803년 고야, 〈벌거벗은 마야〉, 프라도 미술관

1805~1807년 다비드, 〈나폴레옹 대관식〉, 루브르 박물관

1819년 제리코, 〈메두사호의 뗏목〉, 루브르 박물관

1830년 들라크루아, 〈민중을 이끄는 자유의 여신〉, 루브르 박물관

1844년 터너, 〈비, 증기, 속도 – 위대한 서부 철도〉, 내셔널 갤러리

1852년 밀레이, 〈오필리아〉, 테이트 브리튼 갤러리

1856년 앵그르, 〈샘〉, 오르세 미술관

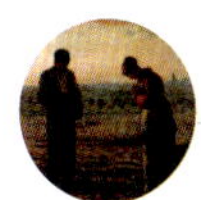

사실주의

1859년 밀레, 〈만종〉, 오르세 미술관

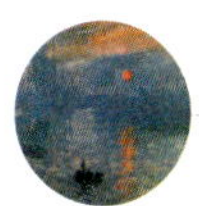

인상주의 & 신인상주의 미술

1863년 마네, 〈풀밭 위의 점심〉, 오르세 미술관
1872년 모네, 〈인상 : 해돋이〉, 마르모탕 미술관
1876년 드가, 〈압생트를 마시는 사람〉, 오르세 미술관

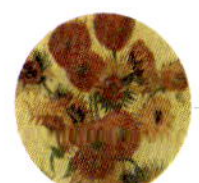

후기 인상주의 미술

1888년 고흐, 〈해바라기〉, 내셔널 갤러리
1892년 고갱, 〈아레아레아(기쁨)〉, 오르세 미술관
1892년 르누아르, 〈피아노를 치는 소녀들〉, 오르세 미술관
1899년 모네, 〈수련〉, 오랑주리 미술관

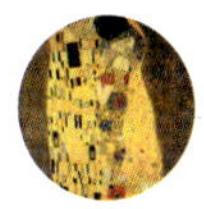

아르누보 양식

1907~1908년 클림트, 〈키스〉, 벨베데레 궁전

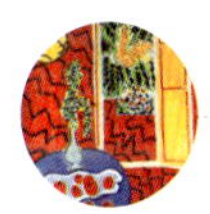

야수주의 & 입체주의 미술

1907년 피카소, 〈아비뇽의 처녀들〉, 뉴욕 현대 미술관
1911년 브라크, 〈벽난로 위의 럼과 클라리넷〉, 테이트 모던
1948년 마티스, 〈붉은색 실내〉, 퐁피두 미술관

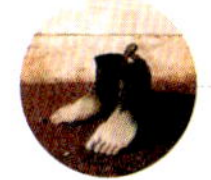

추상주의 & 초현실주의 미술

1935년 르네 마그리트, 〈붉은 모델〉, 퐁피두 센터
1937년 달리, 〈나르시스의 변형〉, 테이트 모던

1. 고대 미술

고대 미술은 기원전 3만 년 무렵에 시작되었다. 이 당시 유럽에서는 최초의 미술 작품으로 알려진 〈빌렌도르프의 비너스〉가 만들어지고, 가장 오래된 그림으로 유명한 〈알타미라의 동굴 벽화〉가 그려졌기 때문에, 이 시기에 고대 미술이 시작된 것으로 여긴다.

고대 미술품들은 누가 제작했는지, 언제 제작했는지, 왜 제작했는지 정확하게 알 수는 없지만, 단순히 감상을 위해 만들어졌다기보다는 목적을 가지고 만들어졌음을 알 수 있다. 그 예로 〈빌렌도르프의 비너스〉는 다산을 기원하기 위해, 〈알타미라 동굴 벽화〉는 사냥을 기원하기 위해 만들어진 것으로 추정하고 있다. 고대 미술품을 제작하기 위한 재료는 짐승의 뼈나 돌 등이 대부분이며, 그림은 주로 동굴 벽에 그렸다.

2. 그리스 미술(에게 미술)

유럽에 본격적으로 미술사가 발달하게 된 것은 그리스 시대부터다. 기원전 1100년경부터 발전한 그리스 미술은 철학이나 신학 등의 내용을 미술로 표현하였다. 특히 신화는 그리스인들에게는 정신적인 뿌리라고 할 만큼 중요한 소재였다. 후기 그리스 미술 시대인 기원전 5세기~기원전 4세기까지는 그리스 미술의 전성기라고 할 수 있다. 이 시기에 황금 분활 법칙이 중요해졌다.

3. 헬레니즘 미술

기원전 323년~기원전 31년 사이에 유행한 미술 양식이다. 이 당시 그리스는 이집트와 시리아, 소아시아, 로도스 섬 등 동방 지역의 문화를 받아들였고, 그것을 통해 미술의 표현과 소재 등이 다양해졌다. 그래서 표정 묘사나 포즈 등에서 더욱 풍부한 표현력으로, 인간의 모습과 감성을 더욱 생동감 있게 묘사했다. 따라서 이 당시의 작품을 보면, 강렬하고 극적인 표현과 육감적이며 사실적인 표현이 많다.

4. 로마 미술

기원전 8세기~기원후 4세기에 고대 로마를 중심으로 발전했던 미술 양식을 로마 미술이라고 한다. 로마 미술은 로마가 그리스를 정복하면서부터 그리스 미술에서 발전되었다. 초기 로마 미술 회화는 인간의 모습을 사실적으로 묘사했고, 그리스의 프레스코화나 모자이크, 템페라 등의 기법을 사용했다. 하지만 점차 표현도 다양해지고 감정적인 내용을 표현하게 되었으며, 건축에서는 주로 실용적이면서도 건축미를 추구하는 형태가 발달되었다. 특히 아치 등이 많이 사용되었으며, 콘크리트 사용도 시작되었다.

5. 비잔틴 미술

비잔틴 미술은 5~10세기 동로마 제국에서 발전했던 미술로, 당시의 시대적, 지리적 요건에 따라 지금의 이스탄불인 콘스탄티노플을 중심으로 동방 미술과 헬레니즘 미술이 혼합되어 발전했다. 비잔틴 미술의 특징은 모자이크와 성상화가 많다는 점이다. 당시에는 성상화가 초자연적인 힘을 가지고 있다고 믿었기에, 성자나 성자의 가족을 그린 성상화가 많이 발달하였다. 또한 화려한 모자이크는 비잔틴 시대가 황금기라고 할 수 있을 정도로 발전했다.

6. 로마네스크 미술

로마네스크 미술은 10~12세기 이탈리아 북부와 프랑스에서 발전한 미술 양식이다. 이당시 유럽에는 그리스도교가 점차 퍼져 나가던 시기로, 교회도 로마의 신전과 비슷하게 건축되었다. 로만 아치를 사용하고 창문 없는 두꺼운 벽과 굵은 기둥을 특징으로 건축물을 지었다고 해서 로마네스크라고 불리게 된다. 또한 건물의 내외부는 성서 내용으로 장식되었으며, 교회 건물 대부분에 벽화가 그려지고 모자이크화가 발전했다. 벽화는 프레스코와 템페라 기법을 사용했다.

회화도 성서 속의 일러스트가 주를 이루게 된다. 당시 수도원의 수도사들은 성서를 필사했는데, 이 필사본에 일러스트가 함께 들어가게 되었으며 이 일러스트는 뚜렷한 색과 힘이 있는 선을 이용해 신앙심을 표현했다. 또한 당시에는 문맹자가 많았기 때문에, 성서 내용을 문맹자도 쉽게 이해하도록 하기 위해서 성당 내외벽에 부조나 벽화 등이 발달하게 되었다.

로마네스크 성당의 가장 큰 특징 중 하나는 '팀파눔'과 '트리모'에 조각을 넣어 장식했다는 것이다. '팀파눔(Tympanum)'은 정문 아치 위의 반원형 공간을 말하고, '트리모(Trumeau)'는 팀파눔을 받치고 있는 기둥을 말한다.

7. 고딕 미술

고딕 미술은 12세기 말 프랑스 북부에서 시작된 미술 양식이다. 이 당시 주로 외곽에 있던 교회들이 왕가와 귀족들의 지지에 힘입어 도시 안쪽으로 들어오게 되는데, 이때 나타난 건축 양식이 바로 고딕 양식이었다.

당시에는 성모 마리아를 중심으로 신앙이 퍼져나갔기 때문에, 신적인 것보다는 인간적인 형태의 미술품들이 많이 등장했다. 그래서 고딕 양식의 성당을 둘러보면, 내외부에 인간적인 느낌의 성인이나 추상적인 문양 등을 자주 볼 수 있다. 또한 스테인드글라스를 통해 신의 존재를 표현했는데, 신은 빛이기 때문에 빛으로써 신을 표현한 것이다. 따라서 성경 이야기로 장식된 스테인드글라스가 벽의 높은 곳에 위치해 있다.

성당 외부의 장식에서 사람의 모습은 몸이 길고 평면적인 형상으로 묘사되었다. 대표적으로 파리의 노트르담 대성당과 샤르트르 대성당을 살펴보면 몸길이가 긴 성인의 부조를 쉽게 확인할 수 있다. 또한 하늘을 찌를 듯이 높게 솟은 첨탑도 하나의 특징으로, 이것은 하늘에 더 가까이 다가가고 싶은 인간의 염원을 표현한 것이다.

8. 르네상스 미술

유럽 미술의 꽃은 역시 르네상스 미술이다. '르네상스'라는 말은 '다시 태어남'이라는 뜻을 가지고 있으며, 15~16세기 유럽 전역에서 일어난 문화 운동을 말한다. 이 시기의 미술은 인간 중심의 미술로 발전했으며, 이 시대부터 귀족들의 초상화나 일상적인 생활, 풍경화 등이 등장한다. 또한 해부학이나 원근법 등의 과학적 지식의 발달과 함께 미술에서도 기술적으로 더욱 앞서게 되었다. 가장 전성기인 16세기에는 레오나르도 다빈치, 미켈란젤로, 라파엘로 등의 거장이 탄생했다.

9. 바로크 미술

'바로크'라는 말은 포르투갈어로 '일그러진 진주'라는 뜻으로, 16~18세기에 유행했던 미술 양식을 말한다. 바로크 시대의 미술이 허세가 심하고 지나치게 과장되었다는 의미로 이름 붙여진 것이다.

바로크 시대는 르네상스 시대와는 달리 단정하기보다는 격렬한 명암 대비와 같은 극적인 표현이 도드라진다. 또한 평면적이지 않고 입체적인 것도 특징이다. 바로크 시대를 대표하는 거장인 렘브란트의 그림을 보면, 빛을 이용해 음영과 입체감 등을 잘 표현한 것을 알 수 있다.

바로크 미술은 이탈리아의 카라바조가 창시자라고 할 수 있지만, 스페인과 북유럽 등에 퍼져 루벤스, 렘브란트, 벨라스케스 등이 활발하게 활동했다. 베르메르의 걸작인 〈진주 귀걸이를 한 소녀〉 역시 바로크 미술의 대표작이라고 할 수 있다. 건축으로는 바티칸의 성 베드로 대성당, 베르사유의 거울의 방 등이 대표적이다.

10. 로코코 미술

로코코 미술은 파리에서 귀족층을 중심으로 성행했던 양식으로, 18세기의 바로크, 신고전주의, 낭만주의 등과 함께 발전했다. 로코코라는 말은, Rocaille라고 하는 조개 무늬 장식이나 자갈에서 온 말로, 장식이 많이 들어갔기 때문에 붙여진 이름이다. 득히 루이 15세의 정부였던 퐁파두르 후작 부인이 로코코 미술의 강력한 후원자였다. 그래서 루이 15세 시대가 로코코 양식의 전성기가 되었다. 대표적인 작가로는 프랑수아 부셰, 게인즈버러, 프란시스코 고야 등이 있으며, 건축물로는 베르사유 궁전 예배당 등이 있다.

11. 신고전주의 미술

신고전주의 미술은 18세기 중반~19세기에 걸쳐 발전했던 미술 양식이다. 신고전주의는 고대 그리스와 로마에 대한 관심으로부터 시작되었는데, 너무 관능적이고 향락적인 로코코 양식에 대한 반발로 도덕적이고 단정한 형태의 복고풍이 부활하게 된 것이다. 당시 프랑스 혁명의 발발로, 그림에는 조금 더 애국적이고 영웅적인 주제가 많이 등장한다. 또한 명확하고 입체적인 표현이 특징이며, 감성보다는 이성을 중시하는 경향이 있다.

12. 낭만주의 미술

낭만주의 미술은 19세기에 유행한 미술 경향이다. 19세기에는 산업혁명이 일어나고 급속도로 도시화되면서 사람들의 일상도 매우 빡빡해졌다. 그래서 이전의 이성적인 그림들과는 달리 감성적인 그림들이 발달하게 되었고, 강렬한 색채와 상상력의 자유가 캔버스에 표현되기 시작했다. 따라서 그림의 주제는 주로 신화나 극적인 사건, 공상적인 그림 등이 주를 이루게 되고, 변화하는 자연 현상에 대한 관심이 풍경화에도 영향을 미치게 되었다.

13. 사실주의 미술

19세기에는 낭만주의와 함께 사실주의 미술도 발전했다. 사실주의 미술은 주로 도시를 떠나 시골에서 살면서 자신이 보는 그대로의 자연의 변화 등을 묘사한 미술 양식이다. 특히 '바르비종파'라고 불리던 밀레 등의 화가는 농민 생활에 애정을 느끼고, 농민의 모습을 그림에 담았다. 이렇듯 자신의 주변에서 일어나는 사실들을 기록하듯 그리는 경향을 사실주의 미술이라고 한다.

14. 인상주의 & 신인상주의 미술

19세기 중반, 사진의 발명과 함께 미술사에도 변화가 생기기 시작했다. 이전까지만 해도 사진을 찍듯 똑같이 그리는 것이 중요했는데, 이제 그런 그림은 사진을 따라갈 수가 없었다. 더불어 당시에 휴대가 가능한 튜브 물감도 발명되면서, 19세기 후반부터는 야외에서 빛에 따라 변하는 색채를 그리는 화가들이 등장했고, 그들이 만든 양식이 인상주의 미술이다. 인상주의 미술은 있는 그대로의 모습이 아니라, 화가들이 느끼는 색과 함께 인물과 풍경을 그렸다. 그리고 그것이 점차 발전되어 색채학 등의 과학적인 이론을 도입하면서 '신인상주의 미술'이 탄생하게 된다.

15. 후기 인상주의 미술

19세기 후반, 인상파에 반대하는 화가들이 등장해, 후기 인상주의 미술을 만들었다. 이들은 인상파의 빛만 쫓아가는 그림이 아니라 자신만의 색깔을 덧붙여 인상주의 미술의 하이라이트를 완성해 갔다. 특히 세잔은 본질적인 형태를 추구했고, 고갱은 순수한 감성을 추구했으며, 고흐는 진실한 감성을 추구하게 된다.

16. 야수주의 미술

20세기 초, 인상주의를 대표하는 고흐와 고갱의 그림을 보고 영감을 받은 마티스 등의 화가들이 발전시킨 미술 양식이다. '야수주의'라는 명칭은 당시 미술 평론가인 루이 보셀이 마르케의 청동 조각을 보고 '야수가 우리에 갇혀 있는 듯하다'라고 표현한 말에서 생겨났다. 야수파 화가들은 밝고 강렬한 색채를 사용해 자신의 감정을 거칠게 표현했다. '야수주의'라는 말 그대로 야성이 넘치는 표현이었다. 그래서 초반에는 많은 평론가들에게 물감을 가지고 장난을 친 것 같다는 비평을 받기도 했다. 야수주의 미술은 미술사에서 아주 잠깐(1905~1908년) 나타났다 사라졌다. 야수주의 미술의 대표적인 화가로 마티스, 드랭, 블라맹크 등이 있다.

17. 입체주의 미술

20세기 초, 1907년부터 1914년까지 야수주의 시기를 전후로 해서 발전한 것이 입체주의다. 입체주의 미술이라는 말의 '큐비즘'이라는 명칭은, 마티스가 브라크의 작품을 평하면서 '입체의 덩어리'라고 표현했던 것에서 시작된 말이다. 입체파는 브라크와 피카소에 의해 시작되었는데, 2차원적인 그림의 성격을 그대로 유지하면서, 여러 각도의 모습을 묘사해서 하나의 캔버스에 재구성한 것이다. 입체주의 미술을 통해 현대 미술에서 다양한 미술의 유파들이 생겨나는 계기가 되었다.

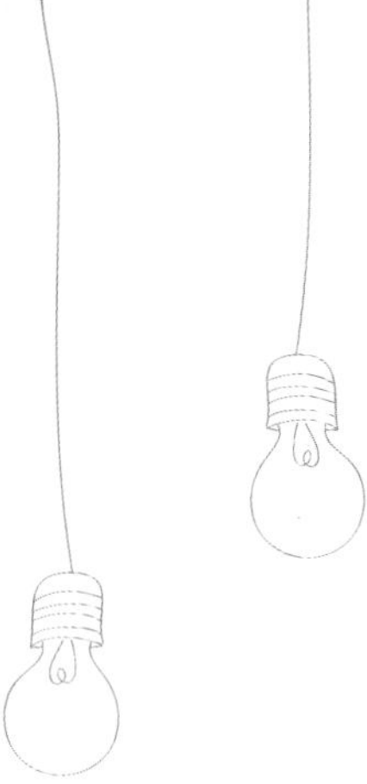

유럽 문화 예술 산책 4

오르세 미술관 여행

초판 1쇄 발행 2017년 5월 20일

지은이 김지선 | 편집 · 디자인 양정희
발행인 양정희 | 발행처 낭만판다

출판신고 2011년 10월 25일 | 등록번호 제2015-000016호
전화 070-8848-2608 | 팩스 0303-0942-2608
이메일 nangmanpanda@naver.com
홈페이지 www.nangmanpanda.com

ISBN 979-11-86789-12-4 14980
      979-11-950601-4-6 (세트)

저자와 출판사의 허락 없이 내용의 일부를 인용하거나 발췌하는 것을 금합니다.
잘못 만들어진 책은 구입처에서 바꾸어 드립니다.

이 도서의 국립중앙도서관 출판예정도서목록(CIP)은 서지정보유통지원시스템 홈페이지(http://seoji.nl.go.kr)와
국가자료공동목록시스템(http://www.nl.go.kr/kolisnet)에서 이용하실 수 있습니다.
(CIP제어번호: CIP2017010501)